LES SILENCES DES PÈRES

RACHID BENZINE

LES SILENCES DES PÈRES

roman

ÉDITIONS DU SEUIL
*57, rue Gaston-Tessier, Paris XIX*e

ISBN 978-2-02-147776-4

www.seuil.com

À mon père, Hadj Driss Benzine.

Pour eux

« Le silence oblitère tout. »

Moon Palace, Paul Auster

Le pianiste est penché sur son clavier. Ses bras tombent sur l'instrument, épuisé, comme vaincu. Ses mains sont cachées par l'immense piano. Dans la salle de concerts de l'Opéra de Cologne, l'auditoire reconnaît les notes de la sonnerie annonçant habituellement le début d'un concert. Le silence se fait. Ce n'est pourtant pas l'avertissement mais le concert lui-même qui débute. L'improvisation durera une heure et six minutes.

Keith Jarrett n'avait pas dormi.

La veille, il était à Lausanne. Dans la voiture et traversant la nuit la Suisse et l'Allemagne, il n'a pas pu trouver le sommeil. Il a bien tenté, allongé sur la banquette arrière. Les nerfs à vif, il n'a pu s'endormir. Il se souvient de ces lumières orangées dans l'obscurité, le long de la route et sous les tunnels, comme une veilleuse dans une chambre d'enfant. Le chauffeur baissait parfois la vitre, s'y engouffrait l'air froid du mois de janvier.

Le vieux Bösendorfer sur lequel il doit jouer ce soir, il l'a découvert en fin de matinée. Le piano ne lui plaît pas. Il sonne comme un mauvais clavecin. Il ne fait pourtant pas une scène. Il a horreur des crises. Autant, peut-être, que du ridicule à jouer sur un piano désaccordé. Alors, il s'en accommode. Sans rien dire, il ruse. Les aigus résonnent, stridents, ce sont des aiguilles qui l'agacent, et il s'en écarte, évitant les notes les plus à sa droite. C'est au milieu du clavier que ses mains improviseront, avec quelques escapades vers sa gauche, usant les graves et leur lourdeur, pour créer une suite d'ostinatos entêtants.

La cassette du concert, je l'entends encore. Les bruits de l'audience dans la salle, et la voix de Keith Jarrett, comme Glenn Gould, chantant parfois par-dessus les notes. Il faut, pour l'entendre, monter le son. Je revois le salon de notre appartement. Les fenêtres grandes ouvertes du onzième étage d'une tour de la cité. Un après-midi de juillet. Je me souviens du silence, et si je ferme les yeux je revois mon père dans son fauteuil.

I

Trappes

2022

1

Avant d'entrer sur scène, je m'isole pour mieux me concentrer. Mon père, lui, n'a jamais quitté les coulisses. Il se tient là, sans dire un mot. Si je m'efforce de l'entendre, de faire résonner sa voix dans ma mémoire, aucun son, aucune intonation. Pas même une expression. Aucun mot du pays, de *Basmala* – rien. Ma mère était sa voix. Elle parlait pour lui, lisait au travers de ses non-dits, comprenait ses soupirs. On dit que c'est ça, l'amour. Je crois plutôt que c'était de la lâcheté. Une amputation volontaire, un choix – celui d'être assisté. Laisser à d'autres la parole, le bruit, le brouhaha, les ordres et les mots doux. Leur laisser les chants et les berceuses, car lui avait le silence et l'amertume. À lui la possibilité de rester en retrait, à nous la nécessité des responsabilités. Pour maman, les cris à l'annonce de la mort d'Ibrahim. Pour moi, les sanglots lorsqu'elle disparut à son tour. Pour mes sœurs, les larmes le jour de sa mort. Et lui, toujours silencieux. Encore aujourd'hui, jusque dans sa tombe. Mon père était un exilé.

C'est une fois dans la loge, après le récital, que j'ai pu enfin appeler ma sœur. Depuis ce matin, elle me bombarde de textos : *Rappelle-moi ; C'est urgent, rappelle.* Le dernier, j'ai fini par comprendre : *C'est papa, rappelle*. Des années que je ne l'ai pas vu, des années que je me refuse à le voir. Il n'y a pas eu de brouille, avec lui c'est impossible d'aller au conflit. Quand j'ai intégré le Berkley College dans le cadre d'un programme d'échange entre conservatoires de banlieue et grandes écoles américaines, j'ai quitté notre famille, la cité, Trappes, avec la ferme intention de ne jamais revenir. Et depuis, j'ai tenu parole. Je croisais simplement mes sœurs lors de concerts à Paris. L'année dernière, à Pleyel, nous avons bu un verre au bar du théâtre. Elles m'ont présenté leur mari, m'ont montré des photos de leurs enfants. Malika habite encore la cité, le même immeuble que papa. Elle m'a proposé de passer la soirée avec eux. Elle espérait sans doute que je le voie. J'ai coupé court à la discussion. « Un vol aux aurores pour Berlin. » « Je suis si heureux de vous avoir vus, merci, merci d'être venus. »

« Il faut que j'aille me reposer mais un jour, si la maison de disques me laisse un peu tranquille, alors peut-être, oui, je passerai vous voir. »

2

Il a fallu qu'il meure pour que je revienne.

Vingt-deux années. Et rien n'a changé. La même dalle de béton. Les mêmes visages. Ceux d'enfants devenus pères, de pères devenus grands-pères, de petits-enfants qui grandissent à l'ombre des mêmes tours. Tout disparaîtra avec eux.

« Il n'a pas souffert », me disent mes sœurs comme pour me rassurer. Je n'ose pas leur avouer que je le croyais déjà parti depuis plusieurs années. Qu'il n'était plus qu'un lointain souvenir. « Il est encore à l'appartement, dans sa chambre. Si tu veux le voir. » Elles me remercient d'être présent. « C'est important, ça lui aurait fait plaisir. » Je n'ose pas leur dire que ce sont des paroles convenues. Que leur deuil n'est pas le mien. Que pour pleurer quelqu'un, il faut l'avoir aimé. Que pour regretter un mort, on doit éprouver plus que des regrets. Que la mort n'annule pas tout. Khadija me raconte que c'est elle qui a découvert notre père sans vie, il y a deux jours. Elle passait plusieurs fois par semaine lui déposer ses courses. Sa chicorée, ses biscottes, son beurre, la même marque depuis toujours. Des plats qu'à tour de rôle avec Malika elles préparaient, sa *tombina* qu'il aimait tant, mais sans doute moins que celle de maman. Ce matin-là, elle m'explique qu'en ouvrant la porte, elle savait. « Sa présence n'était plus là. » Un grand vide aurait envahi jusqu'à la cage d'escalier. Il ouvrait les fenêtres très tôt le matin. Il n'aimait pas que ça sente le renfermé. Elle avait poussé la porte et l'avait trouvé là, assis dans son fauteuil, face à la fenêtre, dans son costume du dimanche. Il tenait dans ses mains son *misbah,* les perles de bois enroulées autour de ses doigts. Il est passé de vie à trépas en faisant rouler entre ses phalanges quatre-vingt-dix-neuf perles de bois. Quatre-vingt-quatre ans, ou presque, et toujours la même piété infantile. Avait-il peur ? Le médecin avait conclu à un infarctus.

Quand j'entre dans le salon, je retrouve l'odeur du papier peint de mon enfance. Une senteur chargée, lourde, poisseuse. Je retrouve le salon où mes parents dormaient. Le canapé qu'ils dépliaient le soir venu, après notre coucher, et qu'ils repliaient à l'aube. Les voisins ont préparé du thé et des gâteaux. Ils ont même installé au milieu de la pièce une table en plastique recouverte d'une toile cirée, comme s'il fallait suivre religieusement le protocole d'un rituel immuable qu'on se devrait, tous, de respecter. On nous a parlé, on nous a entourés, on nous a étouffés.

3

– Je dois rester quelques jours encore… L'enterrement a lieu samedi. Dimanche, je dois aider à vider l'appartement. À trier ses affaires… enfin ce qu'il faudrait garder, ce que mes sœurs voudraient garder…

– Je comprends. J'ai annulé tes dates jusqu'à lundi. Tout le monde comprend. Je maintiens Dublin, mardi ? Ou tu veux qu'on annule aussi ?

– Non, non, ça ira… je rentre lundi. Dimanche soir, si je peux. C'est l'affaire de trois jours.

– J'ai calé les répétitions en fin de semaine prochaine. Tu te souviens que l'enregistrement des *Suites* commence dans quinze jours à Berlin ? On pourra pas décaler… Je te raconte pas la pression que me mettent les producteurs d'ECM… En même temps, c'est toi qui tenais absolument à faire un disque avec eux…

4

C'est à la fois mon père et un étranger qui est mort.

La veille de l'enterrement, mes sœurs m'ont informé qu'étant le seul garçon de la fratrie, il fallait que je m'occupe de sa toilette rituelle. J'ai pensé sauter dans un train. Disparaître à jamais. L'employé des pompes funèbres m'a tendu un fascicule, pareil à ceux qu'on glisse dans les boîtes aux lettres pour vanter des vacances au ski. Dessus, il avait écrit au stylo-bille l'horaire prévu. Il avait également entouré la partie qui résumait le déroulement de la toilette mortuaire et la mise en linceul, comme pour souligner à quel point j'étais ignorant.

Laver mon père pour son dernier voyage… L'idée me révolte. Je le maudis une fraction de seconde d'être mort comme ça, sans prévenir. Je lui demande pardon dans la foulée, puis le remaudis aussi sec. Lui et mes sœurs, les Arabes, les musulmans et pour finir tout ce qui existe sur Terre. Seul Dieu échappe à mon emportement. Un réflexe aussi superstitieux que vain.

Un homme à l'habit traditionnel marocain apparaît dans l'embrasure d'une porte. Bouc fin et soigneusement taillé, c'est l'imam. Il s'avance et me tend la main, puis me présente ses condoléances, sans excès.

Nous entrons dans une petite salle impeccablement blanche. Un néon capricieux assure une lumière intermittente mais suffisante. Un appareil bruyant, ressemblant à un sèche-linge, maintient la pièce à une température susceptible de ralentir la décomposition des cadavres. À gauche, ce que j'imagine être le corps de mon père sous un drap. À droite, un double évier avec serviettes, Sopalin, paquet de coton, lingettes, distributeur de savon et gants de toilette en tissu comme on en trouve dans les hôpitaux.

L'imam me dit des mots simples, bienveillants. Des mots usuels mais pourtant bienvenus. Surtout, il me rassure sur ce qui va suivre. Il a dû pour son propre père réaliser les mêmes gestes qu'il me faudra effectuer.

Il connaît la difficulté de la tâche. Il sait mon trouble. Il compatit. Mieux, il fera à ma place tout ce que je ne me sens pas capable de faire.

Il soulève lentement le drap qui le protège. Je découvre un corps vêtu d'un qamis blanc, et son visage avec ses yeux fermés comme s'il dormait. Mon regard s'arrête une seconde sur la couleur bleutée de ses lèvres. Je ne reconnais pas immédiatement l'homme étendu là. Ce vieillard n'est pas celui qui m'a vu grandir. Sous ces traits fatigués, je redessine mentalement le masque de mon père. C'est bien son visage qui m'apparaît. Des souvenirs me submergent par vagues. Je le revois, enfoncé dans son fauteuil et dans son silence. Des drames se bousculent dans ma tête.

Ma respiration s'accélère. Cela fait bien trente ans que je n'ai pas pleuré. Je m'étais figuré que plus jamais des larmes ne couleraient sur mes joues. Et pourtant.

Nous tirons tout doucement sur le qamis de mon père. Je découvre ses mollets blancs, ses genoux cagneux, ses cuisses décharnées. L'imam et moi croisons nos regards par pudeur au niveau de ses parties intimes puis j'observe son sternum, sa poitrine, son cou. Ses cheveux sont plaqués contre son crâne.

Il est totalement nu. J'interroge l'imam du regard sur la suite du rituel. Il me dit : « Il faut que tu le fasses.

Tu m'en veux peut-être aujourd'hui, mais tu m'en remercieras le restant de tes jours. »

Je commence par laver ses cheveux à l'aide d'un shampoing. Ensuite son visage, avec un gant, derrière ses oreilles puis sa nuque. Le religieux m'invite à nettoyer sa bouche et ses dents avec un coton imbibé d'eau tiède. Cette bouche si avare de paroles. Toujours sur préconisation de l'imam, je place du coton dans ses oreilles et dans sa bouche pour éviter tout rejet. Une manière de signifier à mon père qu'il doit maintenant se taire pour toujours.

Je passe maintenant le gant sur ses hanches, saillantes. Mon père n'a jamais fait aucun excès, si ce n'est celui de ne jamais rien nous avoir dit. Il me paraît maigre au-delà de la raison. Je poursuis jusqu'à ses orteils dont je mesure entre mes doigts la fragilité. J'essuie ensuite tout son corps avec des serviettes moelleuses. Je l'enduis de camphre et de musc parfumé au niveau des sept points de prosternation, puis l'intérieur des cuisses, les aisselles, le front, les pieds, les genoux et les mains. L'imam me demande si je veux disposer ses bras repliés sur sa poitrine ou étendus le long du corps. Cette seconde option me paraît davantage correspondre à l'homme qu'il était : ouvert, transparent, pas replié sur lui-même malgré son mutisme intrigant.

Il me demande ensuite de caresser l'épaule de mon père. Je m'exécute sans éprouver aucun sentiment. Il me pousse à faire le même geste, encore et encore. Je finis par ressentir une forme de tendresse, beaucoup de tendresse. Instinctivement ma main se pose sur sa joue.

Je me tourne vers l'imam en train d'essorer le gant de toilette : « Il n'est pas fait mention de l'étape où l'on caresse l'épaule. » Il me répond calmement que ça ne fait pas partie du rituel. « Mais ça vous aura probablement fait beaucoup de bien, à ton père comme à toi. »

5

Samedi fin de matinée. Un temps grisâtre.

Une centaine de personnes est déjà présente au cimetière. Il pleut légèrement. Sûrement pour que ça fasse plus enterrement. Mon père avait réglé tous les détails de son vivant. Il s'était choisi un cercueil modeste mais « suffisant », selon mes sœurs. Je me demande bien ce que c'est un cercueil suffisant. Une poignée de voisins et d'amis sont là. Le boucher, l'épicier du coin, la pharmacienne. Certains ont apporté des fleurs. Tous ont tenu à honorer sa mémoire. Même s'il n'allait jamais au-devant des gens. Autant par peur de déranger que par son absence systématique au monde.

On arrive devant la fosse. Descente du cercueil, prière de l'imam, jeté de terre sur le cercueil. La cérémonie à la mosquée et la mise en terre ont été vite expédiées. Comme toujours avec les musulmans. Comme il se doit, paraît-il.

Un dernier regard sur sa tombe. Une plaque arrondie en bois. Dessus, une inscription : 1938-2022. Un résumé sommaire de ce qu'aura été sa vie : deux dates et un immense vide entre les deux.

Alors que je m'apprête à partir, un chibani me saisit le bras. Ses yeux humides trahissent sa peine : « J'ai un message de Driss Fnine. Le pauvre, il est aveugle maintenant. Il aurait tant voulu être là. Ton père lui a sauvé la vie. »

6

Aider mes sœurs à vider l'appartement. Contacter Emmaüs pour les meubles. Remplir les poubelles d'objets qui ont fait sens un jour dans la vie de mon père. Tous ces objets sont des souvenirs. Avec mes sœurs, on s'est réparti le travail. Pour la première, le salon et la cuisine, pour l'autre les chambres des enfants. Moi, celle de mon père. Sa chambre est encore imprégnée de son odeur, de la fragrance de son parfum bon marché. En quelques heures, c'est une existence qu'on a jetée dans des sacs plastique. Mes sœurs ont récupéré les albums photos, son tapis de prière, son coran. Je demande sa montre. Une Lip au bracelet de cuir noir, le plus simple modèle de la marque. Le moins cher.

L'appartement est désormais vide. Il ne reste qu'un fauteuil au milieu du salon, et une ampoule nue qui pend au plafond dans la chambre. L'électricité sera bientôt coupée. On dirait que des huissiers sont passés. Je regarde depuis la fenêtre le quartier plongé dans le noir, avec çà et là des lampadaires qui grésillent. Il n'y a pas de mémoire plus belle qu'une autre. Mon enfance, ce sont ces blocs de béton. Le square et le bac à sable. Nos mères assises sur les bancs à discuter. Et nous, à courir jusqu'à en perdre le souffle en remontant les escaliers.

Mes sœurs me laissent seul dans l'appartement. Épousant les gestes de mon père, je suis tenté d'ouvrir les fenêtres pour aérer. Et puis j'hésite, craignant que son odeur ne se disperse au vent à tout jamais. Je tire le rideau. Mon père n'aimait pas qu'on puisse voir chez lui. Il n'avait pourtant rien à cacher. C'est peut-être ça qu'il voulait masquer : le fait qu'il n'avait rien.

Saisi par la fatigue de ces derniers jours, je suis tenté un instant de m'engoncer dans son fauteuil. Lui seul s'y asseyait. Non pas qu'il ait jamais interdit à qui que ce soit de s'y installer. Il le proposait d'ailleurs spontanément aux rares visiteurs. Mais en dehors de ces occasions, c'était lui qui l'occupait. Je le vois encore, invariablement assis avec son chapelet à la main, les yeux plongés dans un monde qui m'apparaît autant aujourd'hui qu'hier impénétrable. J'ai du mal à me rappeler précisément son visage. Comme s'il s'estompait déjà.

7

C'est par accident que j'ai découvert l'enveloppe.

Un carreau cassé sous la baignoire est tombé. Enfant, on s'y lavait par deux. À chaque fournée, maman rajoutait de l'eau chaude. Mon père avait réalisé le tablier de la baignoire avec un carrelage bleu clair. L'usure aidant, certains carreaux fêlés laissent apparaître un vide entre le coffrage et le sabot. Une lourde enveloppe dépasse légèrement de la béance. Je descelle un autre carreau pour l'extraire. Rien n'est écrit dessus, elle n'est pas fermée. À l'intérieur, quantité de cassettes audio, des Philips, des Sony, des Olympus, des JVC, une quarantaine de cassettes mélangées avec des indications écrites à la main en lettres capitales. Chaque étiquette porte mention d'une année et d'un lieu : 1995 – 1971 – 1988 – 1965 – 1982

– 2000… LILLE – BESANÇON – TRAPPES – SAINT-LAURENT-DES-ARBRES – BARBÈS… Sous la baignoire, j'extrais aussi un magnétophone enregistreur protégé de l'humidité et de la poussière par du papier bulle.

Je prends une cassette au hasard. Je la fais tourner une dizaine de secondes entre mes doigts. Je la glisse dans l'appareil. La bande crisse dans le lecteur. Puis la voix de mon père. Une voix, chaude et profonde, posée, prenant le temps de prononcer distinctement la moindre syllabe. Comme si chaque mot portait en lui toute l'histoire de l'humanité. Sonore sans être pesante. Présente sans pour autant forcer l'écoute. Elle finissait par se confondre avec le murmure gêné du monde. Je n'ai osé demander qu'une seule fois à mon père pourquoi il était toujours silencieux. Les yeux plongés dans les miens, il m'avait simplement répondu : « Et pourquoi pas ? »

8

Je dispose par terre les cassettes et les classe par ordre chronologique. L'enregistrement le plus ancien date de 1965. Le plus récent de 2006. Pas une année ne manque. Je fais glisser la première dans la fente du lecteur.

Mon père s'exprime en arabe. Je comprends immédiatement qu'il s'adresse à mon grand-père, resté au pays.

[Lens – 1965]

Mon cher père,

Je sais, c'est étrange, mais les amis du foyer m'ont dit que tu recevrais la cassette par ce qu'ils appellent « le voyage des nouvelles ». Le messager pourra te la faire écouter et tu pourras avec la mère enregistrer quelques mots à ton tour. Il te montrera comment. C'est un camarade du foyer qui a eu l'idée. On s'est cotisés pendant des mois pour acheter deux magnétophones. C'est une façon nouvelle de s'entendre. Tu pourras m'écouter comme si j'étais à côté de toi. La mère aussi entendra ma voix.

Le pays me manque. Je pense souvent à la terre, au village, au ciel du pays qui est différent d'ici. J'espère qu'Allah vous a apporté la pluie et que la récolte du blé a été abondante. Noureddine t'a-t-il laissé cultiver le champ qu'il n'utilise plus ? Ici, Al Hamdoulillah, nous avons la chance qu'il pleuve souvent. Les Français ne savent pas parfois quelle grâce Allah leur fait en leur donnant autant d'eau. Ici, on travaille beaucoup, mais on est comme des frères. On est tous dans la même mine. Il y a aussi des Algériens, des Tunisiens. Et des gens du Nord, de plus loin encore, des Yougoslaves, des Polonais, des Africains. Je travaille toujours sérieusement. Le chef est content de moi. Driss a été malade. On a eu peur pour lui. Mais ça y est, Al Hamdoulillah, il est revenu travailler. J'aurais été tellement malheureux de perdre mon ami d'enfance. Nous sommes partis du Maroc ensemble, nous travaillons ensemble. Il connaît tout de moi. Nous espérons rentrer, Inch'Allah, le plus vite possible pour monter une petite entreprise lui et moi. Mais nous voulons travailler dans le bâtiment pour apprendre les techniques. Dans la mine, on est juste des bras. En attendant le jour béni de notre retour, vérifie que tu as bien reçu le montant de l'argent indiqué dans la lettre de l'année dernière. J'espère que nous pourrons bientôt quitter la mine. En attendant, nous essayons d'avoir une salle au foyer pour faire tous ensemble la prière, au moins pour la Jumu'ah. Je fais toujours le dhikr *chaque jour et vous êtes dans toutes mes prières. Embrasse mes sœurs pour moi. Bonne santé et souhaits de longue vie à ma mère et à toi. Salue pour moi tous ceux que je connais. Ils sont eux aussi dans mes prières.*

Ce qui me frappe, c'est sa voix de jeune homme. Hésitante, elle trahit son âge, sa timidité. C'est étrange d'entendre mon père parler d'une vie où nous n'existions pas encore. Comment imaginer qu'il fut un enfant, un adolescent, un jeune homme ? Comme s'il n'avait pas été vivant avant nous. Comme s'il était né dans son fauteuil, son chapelet à la main. Au fond, les enfants ne s'intéressent jamais à ce qu'ont été leurs parents.

Comme un certain nombre d'émigrés, mon père a correspondu avec sa famille au Maroc avec des cassettes audio. Pas de téléphone chez mon grand-père – ni chez nous, d'ailleurs, avant la mort de ma mère. Et il n'était guère à l'aise à l'écrit. J'ignorais totalement qu'il avait fait ça pendant des années. Des décennies. Il avait réalisé tous ces enregistrements sans jamais nous en parler, et avait dû récupérer les cassettes à la mort de mon grand-père.

Durant toute son existence, mon père fut un spectateur. Celui d'une scène qui ne l'attendait plus, s'enfermant dans un monde où nous n'avions pas de place : celui de son enfance, de sa famille, de sa terre. Il avait donc vécu toute sa vie en rêvant qu'il était toujours là-bas. Nous, sa famille, constituée en France, devions lui apparaître comme des personnages de fiction. Et nous avions dans ce jeu de funambules une place de choix, à la fois présents et absents. Il nous avait fallu trouver notre place à ses côtés.

Son exil avait représenté la plus lourde des malédictions, je l'entends dans sa voix. Cette voix brisée. En le coupant de son monde, on l'avait coupé du monde. Voilà pourquoi peut-être il avait commencé à prendre ses distances avec la France, avec nous.

La cassette fait référence à un ami d'enfance, Driss. Est-ce ce Driss Fnine que mon père aurait sauvé ? Je me souviens de cette histoire. J'envoie un message WhatsApp à mon assistante. Elle me demande si tout va bien mais je n'arrive pas à lui répondre. « Pourrais-tu me trouver l'adresse et le numéro de téléphone d'un certain Driss Fnine ? » Une heure plus tard, elle m'envoie l'adresse d'un foyer de Lille. C'est tout ce qu'elle a trouvé. Elle n'est pas sûre qu'il s'agit de la bonne personne. Mon vol n'est que demain soir. Je décide de partir demain matin pour rencontrer celui qui était, peut-être, le meilleur ami de mon père.

II

Lens

1965-1966
–
17-19 avril 2022

1

Je loue une berline, et installe mon père à la place du passager – enfin, le magnétophone Panasonic. Durant la route, je pourrai l'entendre, écouter d'autres cassettes. Mais il se tait encore. Les piles sont à plat. Après avoir roulé une centaine de kilomètres, je m'arrête à une station-service. Assis sur un banc à siroter un café, je sors de ma poche sa montre. Je la regarde comme je le faisais parfois enfant lorsqu'elle était à son poignet. Elle est arrêtée. Je tourne quelques secondes le remontoir. Magie de l'instant, l'aiguille des secondes se met à avancer. Je tourne cette fois une bonne minute la vis crantée puis je la tire un peu vers l'extérieur du cadran, et règle l'heure sur celle de mon téléphone. Machinalement, sans jamais l'avoir imaginé, j'attache la montre à mon poignet gauche. Je regarde l'aiguille tournoyer sur mon bras.

Deux heures plus tard, vers midi, j'entre dans Lens après avoir vu défiler le long de la route plusieurs terrils sombres, ces témoins silencieux de deux siècles de souffrances pour les mineurs.

2

– Ça a pas été trop dur ?

– Je suis pas le premier à passer par là.

– Écoute, vraiment, n'hésite pas… si tu as besoin de deux-trois jours de plus. C'est juste Berlin…

– Pas de souci. J'y serai. Et n'annule aucune date. Enfin…

– Enfin… ?

– Non, rien.

3

À l'entrée, je comprends que les foyers de travailleurs migrants se sont transformés en foyers d'immigrés à la retraite. Certains y sont arrivés à dix-huit ans et n'en repartiront que les pieds devant. Un vieil Africain me montre du doigt un chibani enfoncé dans un fauteuil. La canne blanche posée contre sa jambe trahit sa cécité. Il égrène un *misbah* tout comme le faisait mon père, en récitant des versets coraniques. Je saisis une chaise et m'installe face à lui. Il lève la tête, s'interrompt quelques instants. Il me regarde sans me voir. Il reprend son *dhikr* comme si je n'étais pas là. Je l'écoute plusieurs minutes, bercé par des louanges à Dieu, pareilles à celles que psalmodiait mon père. Driss Fnine range son chapelet. Il s'adosse en expirant avec force : « Ce sont mes doigts qui t'impressionnent ? »

Ses doigts, en effet, racontent l'envergure d'une vie de labeur au fond d'une mine. Le syndrome des « doigts blancs » – la vascularisation ne se fait plus. Ses phalanges ont quasiment perdu leur motricité. Je salue mon hôte mais avant même que je puisse en dire davantage, le vieil homme se relève brusquement : « Tu as sa voix… sa voix quand on est arrivés en France. C'est comme s'il était là. Tu es de la famille d'Ahmed Chehlaoui, n'est-ce pas ? » J'acquiesce, je me présente. Il me serre dans ses bras et colle sa joue sur la mienne. Ses larmes salées se frayent un chemin jusqu'à mes lèvres. Il se confond en excuses de ne pas avoir pu être à l'enterrement. Les invocations qu'il vient d'achever c'était pour lui, pour mon père, même si Allah, il n'en doute pas, l'avait déjà accueilli à bras ouverts en son Paradis.

Driss Fnine me raconte comment ils se sont retrouvés tous les deux en France. Je découvre un monde dont j'ignorais tout, celui de Félix Mora. Dans les années 1960 et 1970, les Charbonnages de France avaient chargé Mora de recruter des mineurs au Maroc, notamment dans le Sud parce que l'on considérait les Amazighs du Souss comme des hommes travailleurs et dociles. Capables de dire, du matin au soir, « Oui Missié », « Oui Sahib »,

« Oui Efendi », « Oui Bwana ». C'était une façon d'être sûrs que les ouvriers ne poseraient pas de problèmes, une fois en France.

Driss m'explique que mon père et lui avaient été avertis de la venue de l'« Homme de la mine » deux semaines auparavant. Leurs familles respectives peinaient à seulement survivre, à cette époque-là. Il leur fallait se sacrifier. Tout ce qu'ils savaient de leur future vie, c'est qu'elle se situerait à mille mètres sous terre. Au prix de contrats temporaires, ne souffrant ni repos ni révolte.

Il me raconte leur voyage à pied, depuis leur village, sur une centaine de kilomètres caillouteux où chaque pas est une épreuve. L'attente imposée de plusieurs heures en plein cagnard dans un terrain vague à l'écart d'un douar assoiffé, alignés au milieu de centaines d'autres jeunes gens. Tous torse nu, la chemise en main. Pour tester leur endurance. Et puis l'arrivée d'une DS à la sirène pétrifiante qui fait voler le sable en s'arrêtant brusquement à leur hauteur. Et le petit homme râblé et pansu qui allait décider de leur destinée.

Pas d'entretien, pas de curriculum vitae ni de diplôme à présenter. Mais le regard de Mora, plongé dans tes entrailles, scrutant le moindre recoin de ton âme. Et puis l'humiliation. Mora s'assure que tes paumes témoignent de ton ardeur au travail. Il te fait avancer, reculer, tourner sur toi-même. Il te fait ouvrir la bouche, regarde l'état de tes dents. Mora toujours, qui te tâte les biceps, traque les traces de teigne sur ta peau, chasse la maladie des yeux qui pourrait amoindrir ta ferveur au fond d'une mine française. Derniers juges de paix : la toise et la balance. Il fallait peser plus de 55 kilogrammes. Quant à ton gabarit, Mora préférait les tailles moyennes, susceptibles de travailler dans des galeries de parfois moins d'un mètre. Enfin, l'âge. Quand mon père dit à Mora qu'ils ont dix-neuf ans, il répond : « Maintenant, vous en avez vingt-cinq. » Et c'est comme ça que les deux copains ont vieilli en un instant de six années, par la seule volonté d'un recruteur. C'est ce qui fut inscrit officiellement sur leurs documents administratifs. Un contrôle de la vue, des poumons et une prise de sang concluent le parcours.

Mora estampillait ensuite chaque candidat sur la poitrine avec son tampon encreur : vert pour les retenus, rouge pour les refusés.

Driss et mon père ont fait partie des admis au bagne des houillères. Le jour de leur départ, on leur avait confisqué leur passeport. À bord d'un paquebot, ils ont vu leur terre, leur famille et leur vie s'éloigner sans savoir encore qu'ils les perdraient à jamais. Un voile pudique et silencieux recouvrirait par la suite la souffrance de leur exil. Comment la parole aurait-elle pu s'y frayer un chemin ?

Le vieux dépeint leur arrivée en car dans le nord de la France. Les visages fermés, qui expriment la fatigue et l'inquiétude. Ce qui les frappe d'emblée, c'est la couleur des façades, la forme des toits. On les débarque à Lens, sur une grande place où attendent déjà d'autres recrues entassées dans des camions sans bâche. Une pluie fine, rabattue par des rafales de vent, caresse l'asphalte et fouette leurs visages. Le froid est intense, inédit. Ils ne connaissent pas ça. Les nouveaux arrivants ont tous en main la même feuille des Charbonnages de France, avec leur photo et leur date de naissance.

On aurait pu les faire descendre directement du bus à leur destination, des baraquements au sein des Minières du Nord et du Pas-de-Calais. Mais Félix Mora avait étrangement préféré qu'ils transitent à une dizaine de kilomètres de là. « Pour que le contremaître voie leurs têtes avant de les laisser accéder à la mine », pensaient-ils. En réalité, les houillères subissaient l'une des nombreuses grèves qui ont marqué leur histoire. Et personne ne leur dit, ce jour-là, que leur premier travail allait consister à prendre la place de grévistes, parmi lesquels des Marocains bravant courageusement tous les interdits attachés à leur statut de travailleur précaire.

Le récit du vieil homme aux mains blanches continue. Ceux déjà entassés à l'arrière des camions baissent la tête, la mine esquintée avant même d'avoir commencé à travailler. Ils ont tous quasiment l'âge de mon père, parfois un peu plus. Eux aussi ont déjà dû faire un long voyage avant d'arriver là. Certains terminent leur nuit sur leur valise. Driss et mon père grimpent à l'arrière d'une des bétaillères.

Après avoir roulé quelques kilomètres, la colonne de véhicules s'arrête brusquement. Des groupes avec des banderoles de la CGT et du Parti communiste entourent les camions. Ils abreuvent d'insultes les passagers sidérés. Puis leur jettent des pierres. Chacun se protège comme il peut derrière ses bras et son bagage. Sauf mon père. Driss, enthousiaste, semble revivre la scène à mesure qu'il raconte : « Incroyable, ton père ! Il se lève, il les regarde. Il a de la chance, remarque, parce qu'il a pas pris un caillou dans la figure. Les autres ça les fait s'arrêter. Et là il les engueule. Pardon, il leur fait la leçon. Parce qu'il a pas tellement levé la voix. Mais il a parlé très fermement. Comme un professeur avec des élèves mal élevés. Un discours sur la solidarité entre travailleurs. »

Driss fait de grands gestes quand il parle. Ses yeux blancs parfois se figent. Il multiplie les effets de voix, les mimiques. Enchaîne des silences roublards à des confidences à demi-mot. Aussitôt suivis d'un immense éclat de rire. Un conteur. Le caractère exactement inverse de mon père. On l'écouterait pendant des heures. « Tu sais, ton père c'était un cœur blanc, un naïf, mais il avait des principes forts, bien installés. Il transigeait pas avec ça. Il m'a fait peur plus d'une fois. J'ai cru qu'on allait y passer tous les deux. C'est pas qu'il avait peur de rien… mais il sentait pas le danger. »

Driss m'explique qu'après l'épisode de la CGT, les camions sont repartis. Très vite, un panneau annonce leur entrée dans Noyelles-sous-Lens. Quelques instants plus tard, on les a vomis devant un grand baraquement en bois, un bâtiment isolé dans une clairière. On ne les a pas fait descendre un par un mais c'est la benne que le chauffeur a fait basculer. Tout le monde râlait, insultait le conducteur. Pour la première fois, ils ont distingué à quelques centaines de mètres de là, dépassant de la cime des arbres, les têtes des chevalements. Ce qui paraissait être un contremaître est entré dans la bâtisse, est ressorti, leur a fait signe de s'approcher eux aussi. Là encore, on les a poussés dedans sans ménagement parce qu'on trouvait qu'ils n'allaient pas assez vite. Driss poursuit : « Tu parles, même les bœufs ne sont pas pressés d'aller à l'abattoir. »

La première pièce c'est une sorte de vestiaire, juste à côté d'une douche collective. Sur des étagères en ferraille, quelques savons en fin de vie, et des serviettes encore humides. On leur donne l'ordre de se déshabiller et de se laver. Au diable la pudeur. Ils s'exécutent avec réticence, honteux de cette promiscuité qui leur est étrangère. Le hammam, c'est pour les riches. La plupart jettent leurs affaires trempées sur un banc. Mon père plie délicatement les siennes. « Je peux te garantir qu'en quelques instants, les caractères de chacun se révèlent : les coincés, les grandes gueules et les indifférents. Ton père, il était de ceux-là. Il se met à poil mais on voit bien que ça lui plaît pas. Il regarde pas les autres mais il baisse pas le regard. Ni il se cache ni il s'exhibe. Au fond, Mora s'est pas beaucoup trompé. Il a toujours été plutôt mince mais costaud, ton père. Il devait mesurer dans les un mètre soixante-quinze, comme moi. Il avait des yeux noirs, profonds, et ses cheveux très bruns à peine frisés à cette époque-là. On m'a dit qu'il les a gardés jusqu'à sa mort, avec juste un peu de gris sur les tempes… Moi, j'ai perdu les miens très tôt. Allah, il fait aussi coiffeur à ses heures perdues. »

Driss s'interrompt soudain. Il relève la tête, son visage s'éclaire. Il avance à tâtons son bras vers moi. Je comprends qu'il cherche à m'agripper pour se lever. Je glisse ma main dans la sienne. Je l'aide. Il se tourne vers sa gauche. Un autre chibani avance péniblement à l'autre bout du couloir. Driss le hèle : « Boualem ! Boualem ! Ton odeur de tabac te trahira toujours. Tu finiras par y laisser ta peau. » Le fameux Boualem vient vers nous. C'est le genre de vieux qui a dû naître vieux. Tout voûté, tremblotant, sans sa canne il aurait déjà le museau sur le sol. Il s'est sans doute fait marcher dessus toute sa vie et a dû acquiescer à tout ce qu'on lui demandait sans sourciller. Comme s'il n'était né que pour ça. Je persiste à croire que toute cette génération partage cette même histoire. Et au fond, ils ont servi à quoi ? À qui ? Et tandis que je me perds dans un monologue intérieur, Driss me présente celui qu'il nomme « Boualem le Rouge ». Un battant, qui a sacrifié toute sa vie à la CGT pour défendre les droits des travailleurs immigrés. Driss ajoute que le gars est une figure internationale saluée dans plusieurs livres. Boualem conteste, dit qu'il n'a fait que son devoir. Qu'à sa place, n'importe qui en aurait fait autant. Driss me présente. Boualem se confond en excuses, il aurait tant voulu être lui aussi aux obsèques de mon père. Et je me dis, quel idiot je suis… à l'avoir regardé avec tant de mépris…

Driss m'explique que le nonagénaire avait été sélectionné dans le Souss, lui aussi, par Mora. Boualem avait d'abord travaillé dans les mines du Nord. Il dit qu'il avait des copains de tous les pays, et qu'ils sont tous morts au fond du trou. Il s'est révolté très tôt. Il a été à l'origine de plusieurs des grèves dans les houillères, notamment celle qui a vu des mineurs *blancs* cesser le travail pour soutenir les travailleurs africains. « Ça ne vous parle plus aujourd'hui, mais en pleine bourre économique, ça avait fait mal aux puissants. » Retrouvant un peu de vigueur, Boualem continue : « Sans ton père, on n'y serait pas arrivé. Il a renoncé à son embauche pour coordonner le mouvement. Je crois aussi qu'il avait pressenti qu'au-delà de la camaraderie du fond de mine, c'était un vrai boulot de merde, entre les coups de grisou et la silicose. En tout cas, sa maîtrise de la langue française nous a valu plus de trois cents articles à l'époque. Et pourtant, tu trouveras son nom nulle part. Le mien, partout. C'est ce qui m'a sauvé de l'expulsion. »

« Et tu sais pourquoi les jeunes ils ne connaissent plus ces histoires ? Parce que les vieux comme ton père ils ont voulu que toutes les souffrances, tout ce qu'ils ont subi, s'arrêtent avec eux. Ils voulaient vous en préserver. Pour que vous soyez libres de réussir votre vie, sans rancœur, sans amertume. Parce que même s'ils n'ont vécu qu'une existence très modeste, ils n'aspiraient pas à autre chose pour eux-mêmes. C'est pour vous qu'ils ont tout sacrifié. La réussite de leur exil ce n'est pas la leur, mais c'est celle de votre génération. Cette mémoire à transmettre, c'est pas pour nous mais pour les autres. Tous les autres. Tous ceux qui sont morts au fond. Tous ceux qui sont morts de la silicose. Tous ceux qui sont morts sur tous les chantiers, broyés, décapités, pulvérisés. Et aussi pour tous ceux qui ont simplement souffert d'avoir quitté leur famille. Tu sais, quand j'ai connu les premiers mineurs, des gens déjà d'un certain âge, eh bien ils avaient toujours les mains dans les poches. Ou alors ils portaient des gants. Moi je croyais que c'était un genre qu'ils se donnaient. Ou une habitude de mineurs. Tu veux voir les mains de Boualem ? Elles sont toutes déformées par les vibrations du marteau-piqueur... Et le bruit qui les a rendus presque tous sourds. Et ces douleurs chroniques du dos, du cou, ces tendinites au poignet, au coude, aux épaules... Moi, le travail m'a bouffé les yeux. Et pourtant, on est de ceux qui ont eu la chance de finir en un seul morceau ou de pas mourir jeunes. Une minorité. »

Driss poursuit. Il raconte les primes qu'on leur a sucrées, les humiliations, les pressions, les cassages de gueule organisés par le patronat et exécutés par des militants d'extrême-droite, les ratonnades ciblées, les renvois au bled, au Maroc, en Algérie, au Mali... Plus de retraite, plus de sécu. Rien. Une main devant, une main derrière comme on dit. « Même celui qui n'a fait que son travail et qui a baissé la tête toute sa vie, il mérite que tu enlèves ta casquette quand il passe devant toi. Il mérite que tu l'aides à traverser la rue, que tu te soucies de lui, que tu lui fasses ses courses, que tu passes le voir juste pour rester cinq minutes avec lui. Parce que tous les exilés sont des cadavres en sursis. Parce qu'ils ont tout abandonné pour vous. Parce que quelque chose est mort en eux le jour où ils ont quitté leur village, leur famille, leurs amis... »

Driss me rappelle « Pagnol », un vieux du bâtiment B à Trappes. Son vrai nom c'était Gagnol, mais il avait un accent du Sud. Et comme en classe on nous bassinait avec Marcel Pagnol on l'avait vite surnommé ainsi. C'était une époque où dans la cité les anciens pouvaient encore échanger avec les jeunes. « Tu sais, quand je suis ici je rêve que d'une chose : d'être là-bas. Et quand je suis là-bas, je veux revenir ici, parce que rien n'y est plus pareil, je n'y ai plus aucun repère, rien… Alors à chaque fois que tu vas réussir quelque chose dans ta vie, prends le temps de remercier tes parents. Les deux. Parce que ta mère a aussi fait largement sa part. Dans l'ombre. Si tu réussis quelque chose, ce sera toujours en partie grâce à eux. Et chaque fois que tu vas échouer, demande-leur pardon de ne pas avoir été à la hauteur de leur sacrifice. Et ne t'en prends qu'à toi-même. Peut-être qu'un jour toi aussi tu seras obligé de quitter ce pays pour un autre. Tu te retrouveras peut-être en Chine, en Inde ou en Afrique du Sud, avec des gens qui ne parlent pas un mot de ta langue, qui mépriseront tout de ta culture. Ce que tu représentes. Tu seras peut-être obligé de faire un travail routinier et harassant. Tu vivras modestement et tu devras élever tes enfants et les faire grandir. Et si ça te semble impossible, dis-toi que c'est ce qu'ont réussi à faire tes parents. Ton père, ta mère. »

« Ton père, rien que de savoir qu'il a existé, ça m'aide tous les jours. Pas une fois… tous les jours ! Il m'a sauvé la vie. En risquant plus d'une fois la sienne. » Boualem confirme en hochant la tête.

Vers la fin de l'année 1967, les mineurs avaient entendu un grondement sourd venant des parois de la mine. Les roches avaient commencé à se fissurer et à se détacher. Sauve-qui-peut général. Le coup de grisou avait isolé Driss au fond d'un filon. Les sauveteurs avaient tout essayé pour l'atteindre. Ils finirent par abandonner, considérant qu'il n'avait pas donné signe de vie et que creuser pour le rejoindre comportait bien trop de risques pour leur équipe. Contre toute attente, mon père avait réussi à convaincre des mineurs du syndicat de le laisser entrer pour tenter un coup particulièrement périlleux. Personne ne pensait alors qu'il en sortirait vivant. La direction des houillères n'en fut pas informée car elle aurait refusé de perdre un autre employé. Au bout de quatorze heures intenses, à coups de marteau-piqueur et d'explosions précises et calibrées, mon père parvint à retrouver Driss. Il était pétrifié mais respirait encore. Les sauveteurs firent le reste. L'intervention était restée secrète, personne ne devait en parler, ni aux chefs ni à la presse. La direction ne s'était jamais surprise de voir revenir travailler un homme qu'elle avait un jour abandonné au fond d'une mine.

Je profite de leur déjeuner pour me rendre dans un grand magasin de Lens qui vend encore quelques appareils d'un autre âge en solde dans des boîtes en carton défoncées. J'y achète un Walkman et les piles nécessaires pour le magnéto. Le vendeur m'oblige à prendre un paquet de cassettes qu'il vend avec le lot. J'y retrouve un best-of de Khaled, Aznavour, Police, et... l'album du concert de Cologne de Keith Jarrett. Je m'assois sur un banc dans un parc. Je place le casque sur mes oreilles et glisse l'un des enregistrements dans l'appareil. La voix de mon père est désormais très proche. J'en suis presque gêné. Sa diction est bien plus assurée que dans la première cassette. Son débit est aussi plus rapide. Je sens qu'il met un soin particulier à bien prononcer les mots mais il a l'air plus détaché. L'habitude, peut-être. Après les salutations à Dieu, au Prophète, à son père et aux ancêtres, il égrène alors son quotidien de labeurs.

4

[Noyelles-sous-Lens – 1966]

Mon cher père,

J'espère que cette cassette te trouve en bonne santé. Ici, les journées sont longues. Je travaille dur. Ils sont gentils avec nous. Demande à ma mère de ne pas s'inquiéter. Je mange à ma faim avec mes camarades. On appelle ça le « briquet » quand on mange au fond de la mine. Il y a plusieurs langues ici. Ce n'est pas toujours facile pour se parler mais on finit par se comprendre entre mineurs. Parfois, quand je descends, il fait nuit et quand je remonte il fait nuit. Il n'y a que le samedi où je vois de la lumière.

Dans la mine, mes camarades et moi, nous prenons une machine qui nous fait descendre sous la terre. Souvent, je descends à près de 1 000 mètres. Dans le ventre de la terre. Il y en a qui vomissent, d'autres qui ont peur et on voit la peur dans leurs yeux. Parfois, moi aussi j'ai peur. Mais quand je pense à vous et que je récite quelques sourates, mon cœur s'apaise grâce à Dieu. Cela me donne la force. On s'enfonce dans le noir, c'est comme si la terre nous appelait. C'est un voyage. C'est un monde étrange. Je suis fasciné et en même temps, je suis souvent inquiet. Pas tellement pour moi mais pour les autres. Je n'aurais jamais imaginé que sous nos pieds, il y avait tout un monde. Comme lorsque j'étais enfant, et que je dormais sur le toit de la maison pour découvrir l'immensité du ciel.

Sous la terre, il fait froid, il fait noir, et on ne voit pas grand-chose, juste ce que la lampe que nous portons sur le front nous permet de voir. On entend le bruit de la machine qui descend toujours plus profond, et le grincement des rails qui transportent le charbon. Il y a beaucoup de poussière et nos visages sont tout noirs et ça rentre dans les poumons. Il y en a qui n'arrêtent pas de tousser la nuit. Quand on sort de la mine, on a tous les visages noirs et on vérifie toujours, si on n'a pas oublié quelqu'un.

Sous la terre, on est tous frères. Après, chacun va retrouver son groupe dans les baraquements. J'ai tout ce qu'il me faut ici. Je vous embrasse. Vous me manquez. Embrasse mes sœurs. Je suis content que Nora ait pu se marier. J'espère que Yasmina trouvera elle aussi un mari gentil.

J'espère que vous pourrez écouter cette cassette comme si j'étais près de vous. Dis à ma mère qu'elle ne pleure pas. Je prie chaque jour pour vous retrouver. J'espère que vous êtes fiers de moi.

5

Il ne veut pas mentir à ses parents. Il ne veut pas non plus les inquiéter. Il veut leur dire sa peine. Sans leur en parler. Il a dû écrire et récrire son texte des dizaines de fois avant de se décider à l'enregistrer tel que je l'entends, cinquante-six ans plus tard.

Je retrouve les deux amis de mon père en début d'après-midi, au même endroit, dans le hall du foyer. Ils sirotent un thé en refaisant le monde. Dès que Boualem me voit et Driss m'entend, leurs visages s'animent. Ils racontent qu'ils vivaient les uns sur les autres vingt-quatre heures sur vingt-quatre. Parfois des bagarres éclataient. Pour un rien. Une histoire de bouteille renversée. Des alliances de circonstance voyaient le jour, les Marocains n'étaient pas la seule nationalité présente dans ces dortoirs. Driss souligne que mon père faisait souvent retomber la pression par quelques pitreries, son sens inné de la fraternité et son réseau d'amis de toutes origines. La fatigue ou plutôt l'épuisement était aussi un excellent rempart aux bagarres. Le seul espace privé dont disposaient les mineurs, c'était leur lit et le montant en bois fermant leur couchage à son pied et à sa tête. Certains affichaient la photo d'une fiancée, d'une épouse, de leurs enfants ou parents. D'autres, des photos de sportifs, de voitures ou de femmes en maillot de bain. C'est surtout la fauche qui pouvait pourrir l'atmosphère. Même s'ils n'avaient pas beaucoup d'affaires personnelles, chacun y tenait. Moins on possède, plus le peu qu'on a prend de la valeur. Pour l'un, ce sera juste de quoi se changer. Pour un autre, des lettres personnelles. Ou des objets sans valeur, des souvenirs du pays, d'un ami, d'une fiancée qu'on oublie peu à peu.

6

Il était temps de partir, pour Driss comme pour mon père.

Le syndicat avait pu leur obtenir un travail dans une cimenterie d'Aubervilliers, en région parisienne, et le titre de séjour qui allait avec. Passant ainsi de *gueule noire* à *gueule grise*. Guère mieux pour les yeux et les poumons de Driss. Ils quittèrent leur baraquement pour un nouveau quartier à Aubervilliers, le Château Mirabeau. Leur « château », c'était un taudis insalubre. On y trouvait surtout des Algériens. Les plus fortunés avaient droit à un garni dans un hôtel miteux. Driss et mon père devaient garder la paye pour leur famille au bled. Leur château, c'étaient des baraques en parpaings gris, alignées au fond de cours profondes, pour cacher les

Arabes des yeux du Français moyen. Comme à la mine, ils avaient des salaires de misère. Mais ils possédaient désormais des papiers en règle. Ceux qui n'en avaient pas se cachaient et ne sortaient que lorsque c'était nécessaire pour survivre, comme des rats. Il y avait des célibataires. Des familles avec des enfants. Tous entassés là. Sans intimité. Une citerne où l'eau coulait de temps en temps seulement. Des toilettes infestées de bestioles. Une minuscule ampoule pour s'éclairer. Dans les chambres, ils dormaient à même le sol, sur un carrelage déglingué. Il y avait un cinéma arabe en centre-ville. Parfois, les policiers encerclaient tout un quartier et ils faisaient sortir tout le monde, hommes, femmes, enfants, pour contrôler les papiers et les fouiller. Ils avaient emmené Driss et mon père quelquefois au commissariat. Ils les interrogeaient sur tout et n'importe quoi, cherchant une brèche, un mensonge, un je-ne-sais-quoi. Ils se prenaient des claques quand ils ne répondaient pas suffisamment rapidement aux questions. « Une humiliation ou une autre. On s'habitue à tout », avait conclu Driss.

7

Côté boulot, ils n'étaient guère mieux lotis. « On manquait de ciment dans tout le pays. Il fallait encore et toujours reconstruire la France. Et puis c'était les Trente Glorieuses. Les autorités fermaient les yeux sur les conditions de travail dans le secteur. Et comme les syndicats peinaient à s'implanter parmi les immigrés... le repos du dimanche et la semaine de quarante heures qu'on nous avait garantis, fallait s'asseoir dessus. Sur notre contrat c'était écrit comme ça mais, au bout du compte, le droit du travail c'était pour les autres. » Pour eux, c'était douze heures par jour, treize jours sur quatorze. Pour le même salaire. Les types qui se blessaient étaient emmenés discrètement vers l'infirmerie. Les cas les plus graves étaient évacués à l'hôpital et on ne les revoyait plus jamais. Ou c'était le cimetière ou c'était le retour direct au bled, sans indemnité. Driss ajoute : « Avec du ciment et des immigrés, voilà comment on a tout reconstruit. Des dizaines de milliers de forçats affamés. »

L'usine se trouvait derrière leur gourbi. À peine arrivés, ils étaient saisis par le vacarme ambiant. On leur gueulait dessus, on les bousculait. Les explications étaient sommaires. Tout comme le travail à effectuer. Il se résumait la plupart du temps à charrier des sacs de cinquante kilos du site de production de l'usine à la plateforme de transport où ils les chargeaient sur des camions. Là-bas, tout était poussière de ciment. Ils en bouffaient toute la journée. Ils en avaient les yeux rouges et la peau couverte de plaques purulentes. Certains des ouvriers crachaient du sang. Driss était de ceux-là. Il se disait qu'on pouvait même en crever. Là-bas, tout était boucan. Le ballet incessant des camions qui arrivaient chargés de pierres de calcaire, qui croisaient ceux qui repartaient farcis ras la gueule de sacs de ciment. Entre les deux, le processus de production leur massacrait les tympans et le cerveau à coups de concasseurs, chariots-verseurs, récupérateurs, broyeurs à cylindres, fours rotatifs, ventilateurs de sortie… Le soir, ils avaient le dos et les épaules en miettes, les cuisses en feu et un sifflement persistant entre les deux oreilles pour toute la nuit. Mais personne ne se plaignait. Car, avant de s'endormir épuisés sur leurs gamelles tièdes, ils avaient tous droit à un privilège encore peu courant pour la classe ouvrière : une douche chaude.

On les appelait les *gueules grises*. Au contact de leur sueur, le ciment se transformait en liqueur poisseuse et dégoulinait sur les visages. Durant le travail, Driss n'arrivait à reconnaître mon père qu'à sa démarche particulière. « Le torse toujours dégagé, même sous la charge, une allure d'aristocrate, sans être arrogante, presque chaloupée… Il y avait dans sa façon de marcher à la fois une raideur et une souplesse. Je crois que ça correspondait bien à son caractère. Il était raide côté moralité mais décontracté dans sa vie de tous les jours. Il ne dramatisait rien quand il s'agissait de lui mais s'inquiétait toujours pour les autres. Le soir, alors qu'on était tous crevés, il avait encore la force de nous distraire avec des blagues de Jeha. J'ai compris longtemps après pourquoi il avait été sensible dès tout jeune à ce personnage : son tempérament complexe, à la fois imbécile heureux, grotesque par sa suffisance mais capable de beaucoup de finesse d'esprit dans certaines situations. Un gars qui cherche toujours à sauver sa peau. » Selon Driss, mon père dormait assez peu. Il s'aménageait du temps pour lire, à la lampe de poche. Des journaux ou des bouquins ; tout ce qu'il pouvait trouver. Il lisait quand les autres étaient depuis longtemps dans leurs rêves poussiéreux où ils s'évadaient de l'infâme Château.

III

Aubervilliers

1967

–

20-21 avril 2022

1

Je roule lentement sur l'autoroute. Les chauffeurs de camions me bombardent d'appels de phares avant de me doubler. Je devrais accélérer pour ne pas rater l'avion auquel je vais bientôt renoncer. Les vieux m'ont mis en contact avec un autre ami de mon père. Un type louche, un ancêtre de Barbès. Pour l'instant, je n'ai qu'un nom : « Noureddine Elmyoun » et une adresse rue Myrha. Figé dans le passé, je lance le *Köln Concert* de Keith Jarrett dans le Walkman. Comment une telle cassette avait atterri chez mes parents ? Pourquoi mon père en était obsédé et l'écoutait en boucle ? Rien ne prédestinait ce pianiste américain à communier avec notre silence. De prime abord, l'album lui-même ne devrait même pas exister. Après une tournée interminable, le pianiste était arrivé épuisé à l'Opéra de Cologne, et on lui avait rapporté qu'une grève de personnel le priverait du Bösendorfer 290 model Imperial sur lequel il avait l'habitude de jouer. Il devrait se contenter d'un piano d'étude à pédale de sustain défectueuse, sans réelle profondeur dans les graves ni présence dans les aigus. Minuit tonnait, l'opéra du soir s'achevait et le pianiste boudait l'instrument et la scène. À la sonnerie de rappel, mille cinq cents spectateurs envahirent la salle. Sous leur pression, le pianiste reprit les quatre notes de rappel sur le clavier inhospitalier. On était loin du prélude idéal pour une heure d'improvisation en solo. N'eût été le zèle d'un technicien qui avait fait une captation pour les archives de la maison, la performance n'aurait jamais été enregistrée. Sous les couleurs d'ECM, l'album se vendit à quatre millions d'exemplaires, et une cassette finit dans notre poste familial, celui que mes parents avaient acquis avant ma naissance. Un modèle Philips des *Seventies*. Quand il y a un an, Sophie me parla de l'intérêt d'ECM pour produire un nouvel enregistrement des *Suites* de Bach, j'y ai vu un signe. Alors, malgré l'agenda, les autres projets en cours, je lui avais demandé d'accepter.

Et maintenant que je l'ai enterré, que je me retrouve à suivre ses traces dans un ultime voyage, et tandis que la date de l'enregistrement à Berlin approche, j'entends résonner dans un Walkman minable l'album de mon enfance.

Mon père était étranger à ces rythmiques, diverses et répétitives. Qu'entendait-il dans ces mélodies échappées d'un autre monde ? Avait-il percé les mystères de ce concert extraordinaire sur les cordes vulgaires d'un vilain piano ordinaire ? Ses interminables séances dans un silence quasi religieux me demeurent encore inintelligibles. Parfois ses yeux se fermaient sans que je puisse associer ses infimes clignements aux mouvements de la musique. Même les grésillements engendrés par l'usure de la bande magnétique ne troublaient pas sa pieuse concentration. Comme si le piano le livrait à une transe intérieure où il traversait les horizons dessinés par les doigts du pianiste. Quand les sonneries de porte ou du téléphone venait à perturber son recueillement, il passait sa main sur son visage pour sortir de son rêve éveillé. Mais il le faisait en fredonnant les ultimes notes de l'improvisation qu'il allait emporter avec lui encore pendant plusieurs heures.

2

[Aubervilliers – 1967]

Mon cher père,

J'ai changé de travail. Tu peux rassurer ma mère. Nous avons été embauchés tous les deux, Driss et moi. Mais nous ne faisons pas le même travail. Driss est au magasin des livraisons. C'est un travail dur mais moins répétitif. Moi, je suis à la fabrication des machines-outils. Le premier matin, un contremaître m'a expliqué ce que j'avais à faire : cinq gestes, toujours les mêmes. Un ouvrier en exercice me les a montrés machinalement sans arrêter la chaîne. Sans transition, j'ai dû le remplacer. Comme ça. L'instant d'avant, j'étais un homme libre. L'instant suivant, je suis devenu un robot. Le contremaître m'a observé pendant quelques minutes sans en redire. J'avais compris et exécuté les cinq tâches contractuelles. Sans avoir dit un seul bonjour aux autres ouvriers de la chaîne mécanique.

Il n'y a pas d'échanges entre collègues avant la pause. Sans les quitter des yeux, je ne vois que leurs mains sur le tapis où le premier repose sa pièce et le second reprend la mienne. Tous les jours, on commence à cinq heures. La première équipe s'installe aux machines. Jusqu'à treize heures, les mêmes gestes se répètent. Lundi, je réceptionne une pièce métallique sur le tapis défilant. Mardi, je la place sous l'appareil à souder. Mercredi, j'actionne la machine. Jeudi, je récupère la pièce. Vendredi, je la replace sur le tapis où un collègue la récupère. On ne sait jamais à quoi servent les pièces. On sait juste qu'il faut en faire cent trente-trois par heure.

À refaire les mêmes gestes, le temps se rallonge. Il est pénible de rester concentré sans penser à autre chose tout en essayant toujours de dépasser son quota. À mon embauche, on ne devait faire que cent douze pièces à l'heure… C'était il y a trois mois. Je pense rester un an au maximum. Je ne peux rien faire ni apprendre ici. Aucune chance de trouver un travail plus intéressant. Même si ce n'est qu'à la pause qu'on peut se parler entre ouvriers, les collègues sont gentils avec nous. Quand on n'a pas assez d'argent, on partage nos repas.

3

J'ai débusqué sans peine celui qui fut l'autre ami de mon père. Lorsqu'on tape son nom sur Google, ses faits d'armes remontent parmi les premières occurrences. Petit producteur de musique, sans homonyme répertorié, il était celui qui se cachait derrière les chanteurs de raï algérien ou les artistes du Maghreb et du Machrek dans les années 1970.

Vers dix-sept heures, j'aborde la rue Myhra dans le XVIIIe arrondissement de Paris. Sur les trottoirs surpeuplés, les vendeurs à la sauvette approchent les passants pour fourguer leur contrebande. Les mères africaines manient les poussettes et les caddies au milieu des voitures dont les échappements s'amalgament aux odeurs de cuisine et d'épices. Pour autant, le quartier ne cache pas les signes extérieurs d'une rénovation urbaine à la gentrification sournoise. Entre les vendeurs de rue, les taxiphones et les coiffeurs exotiques, quelques restaurants végans accueillent les bobos des résidences voisines qui veulent s'encanailler sans prendre de risques. Désormais, les junkies se piquent devant les boutiques de mode et les cabinets d'architectes ont remplacé les hôtels de marchands de sommeil. Arrivé à hauteur d'une plaque qui indique les bureaux de Noureddine et *Oriental Productions*, j'appuie sur l'interphone déglingué. En remontant le minuscule escalier en bois qui craque de toute part, le mur lépreux s'effrite à chaque fois que je mets un pied sur une marche.

Noureddine m'accueille devant la porte et me serre la main très chaleureusement, un cigarillo au bec. La pièce exhale une odeur de tabac froid entretenue par tous les cendriers éparpillés dans le studio, posés sur des piles de dossiers qui s'entassent. Des affiches de concerts orientaux tapissent les murs sans en couvrir les lézardes béantes. Trois disques d'or d'un âge révolu donnent un semblant de cachet à l'espace. Quasi nonagénaire, le vieux producteur a des yeux pétillants, un double menton et des cheveux teints et lissés au gel. Au fond de son fauteuil, il recrache la fumée vers le plafond. Après m'avoir offert un café réchauffé dans une tasse fêlée, il lance son histoire comme on appuierait sur un tourne-disque :

« Il devait être à peine plus jeune que toi la dernière fois que je l'ai vu. Ah, s'il avait voulu… On aurait pu devenir les rois du monde entre mon carnet d'adresses et ses prouesses. Mais l'argent ne l'intéressait pas. Les costumes et les cravates lui allaient bien mais il ne supportait pas les paillettes. J'ai jamais compris… Rien ne pouvait le distraire de ses cinq prières. Il était heureux de se lever pour bosser à l'usine à l'heure où nous on se couchait. Je cherchais un assistant ou un associé. Mais je voulais pas quelqu'un de la musique : trop de flambeurs, de rapaces, de paumés. À cette époque, tes grands-parents étaient malades et il voulait leur envoyer plus d'argent. Il cherchait un second boulot pour le soir en plus du sien. Un ami en commun me l'avait recommandé. Pour moi, ça commençait à marcher fort à cette période. Saint-Michel, c'est là-bas que ça se passait dans des cabarets comme Le Bagdad, El Djazaïr, Les Nuits du Liban. Y avait un paquet d'artistes arabes qui habitaient dans le quartier. Mais dans tout Paris, un seul magasin vendait nos disques. C'était chez l'Auvergnate, madame Sauviat, boulevard de la Chapelle. Alors, on faisait la sortie des usines… les ouvriers achetaient des cassettes jusqu'à minuit ! »

« J'ai eu dans mon catalogue Simon Halali, le Bécaud arabe ! Le premier chanteur moderne du Maghreb. C'est le recteur de la Grande Mosquée de Paris qui l'avait sauvé des rafles nazies en le faisant passer pour musulman. Et je peux te dire que quand il m'a fait confiance dans les années 1960, il était au top de sa carrière. Sa voix de Caruso, sa gueule d'ange mélancolique, son sourire lumineux, sa chemise à jabot ouverte sur sa poitrine, ses déhanchements au rythme de la darbouka à faire pâlir Elvis Presley... Les femmes se pâmaient à ses moindres battements de cils. Même Oum Kalthoum vantait sa voix... »

Noureddine fait de longs détours politiques pour m'expliquer que Marianne fut ingrate et chiche avec Halali. Il avait créé deux cabarets orientaux de luxe dans un hôtel particulier de l'avenue Montaigne et la rue du Colisée : « Je peux te dire qu'il y passait du beau linge. Mais les Français n'ont jamais soutenu les nôtres. Même quand ils réussissent. » Alors, Halali s'était installé à Casablanca. Entre deux bouffées de cigare, Noureddine me décrit mon père : « Un homme aux goûts sûrs, qui avait le sens des attentes du public. Il avait l'oreille musicale et était doué pour la logistique des grands événements. Moi je faisais le beau dans les soirées, j'assurais le relationnel, lui il préférait le travail concret. Parader ne l'intéressait pas. Respectueux sans être obséquieux, il était aimé des artistes parce qu'il résolvait toutes sortes de problèmes. Mais à la même époque, il avait aussi la bougeotte… Pour rejoindre son ami Driss, qui vivotait à Sochaux, il a démissionné. D'une usine à l'autre, il n'a plus remis les pieds dans le monde de la musique… Je l'ai recroisé plus tard, mais ce n'était plus le même homme. À peine il m'a salué. Je l'aimais beaucoup ton père, tu sais… il était différent… on l'oubliait pas. »

« Il faut que je te raconte notre plus grand exploit : le concert d'Oum Kalthoum en novembre 1967 qu'on a organisé à l'Olympia. Pour nous, c'était un événement. Mais on était loin d'imaginer que les deux seuls concerts qu'elle donnerait dans le monde, en dehors des pays arabes, c'était ces deux concerts-là. Le soir de la première, je peux te dire que dans ma vie de producteur et éditeur de musique, il y a eu un avant et un après. C'est comme si on avait vécu une expérience de mort imminente tous ensemble. Ce que nous, les spectateurs, ont vécu et partagé ce soir-là, cela ne peut pas se raconter. C'était la Callas et Piaf dans une seule personne. Avec ton père, on était vers le milieu de la salle. Un silence de mort au lever du rideau. Elle était en robe verte, assise au milieu de vingt-cinq musiciens en smoking. La salle l'a accueillie dans une joie collective. Je n'avais jamais vu ça. Comme si quelque chose passait entre nous tous, qu'on pouvait pas exprimer. J'en ai encore la chair de poule et les larmes aux yeux. C'était elle. Elle était là. Avec nous. Pour nous. Ton père pleurait et riait en même temps. Un rire de bonheur profond, intense… Ah, ça sert à rien de chercher à expliquer… Arabes, Juifs, Européens de partout, on était tous des enfants d'Oum Kalthoum. À la fin du concert, qui a fini tard dans la nuit, quelques gars survoltés sont montés sur scène pour lui baiser la main. Toujours impassible, elle ne repoussait personne. Enfin, la sécurité s'en mêla vers… trois heures du matin, quand il a fallu que tout le monde rentre ! Mais plus de métro, plus de bus. Rien. Tout le monde s'en foutait… Tu sais, ton père, il a toujours été différent des autres. Il ne parlait pas beaucoup. Alors, je te raconte même pas… après Oum Kalthoum… »

« Tu sais qu'ici, tu es chez toi. Après tout, c'est grâce à ton père que je suis encore debout. Les Scopitones, c'est encore lui… et c'est les Scopitones qui m'ont sauvé. Comme elles ne faisaient plus recette chez les Français, je m'étais dit qu'il y avait de l'argent à faire avec les artistes de chez nous. Mais je ne savais pas comment faire ni par quel bout commencer… C'est ton père qui m'a aidé à lancer cette affaire dans les cafés kabyles et arabes. Ils voulaient des chansons de chez nous qui parlaient d'eux et les transportaient dans leur village natal. On a même tourné des Scopitones nous-mêmes avec ton père. Il apprenait vite ! Il m'avait conseillé aussi de soutenir Salah Sadaoui, dont les textes traitaient de la vie des immigrés, de la douleur de l'exil et de leurs désillusions. Il y avait moins d'argent à gagner mais on faisait œuvre utile. Pour moi le coup de cœur s'est aussi transformé en coup de dés miraculeux… »

Le vieux producteur me jure que la mort de mon père l'a bouleversé. La mélancolie chasse son franc sourire et son regard se trouble. Courbaturé et épuisé à force de contenir toutes les émotions des derniers jours, je regarde. Je regarde les affiches qui l'entourent, d'albums oubliés, de concerts dont ils sont la seule mémoire. Il m'est difficile d'imaginer mon père au milieu de tous ces artistes exubérants et noceurs. Hormis son Keith Jarrett, il n'écoutait pas de musique à la radio. Il n'en regardait pas à la télévision. Lorsque j'avais commencé à apprendre le piano, il ne m'avait rien dit. Il s'était contenté de cumuler des heures de travail supplémentaires pour payer mes cours, mon instrument d'apprentissage et ses accordages réguliers. Ce piano dans notre immeuble était d'ailleurs une curiosité, il m'avait valu les taquineries des gosses de la cité qui ne me pardonnaient pas de préférer mes gammes aux terrains de foot. Mon père ne m'a jamais rien dit quand je lui ai annoncé que je voulais devenir musicien. Une fois, seuls ses yeux ont parlé quand j'ai aligné les premières mesures du *Köln Concert*, imitant pour m'amuser les notes si souvent entendues. Je crois qu'à cet instant, nos deux mondes se sont rencontrés, reconnus, salués, puis quittés à jamais. Certains compositeurs affirment que la musique se trouve entre les notes.

À Trappes, mon père devait se fondre dans un tel silence pour laisser les notes flotter et scintiller comme des étoiles lumineuses dans le ciel de notre nuit noire.

4

Je roule à grande vitesse sur l'autoroute de Besançon. Mon assistante a fait annuler le prochain concert. Il me fallait poursuivre le voyage. Je crois que j'ai eu ces simples mots : « C'est important. » Elle a compris sans qu'il faille se perdre en explications.

J'ai comme l'étrange sentiment d'avoir été trompé, que mon père était différent, que c'était un autre homme. Depuis la mort de mon frère, puis de ma mère, j'avais raté tant de choses, mais était-ce de ma faute ?

C'est désormais trop tard. On ne peut pas arrêter le temps. On ne peut pas revenir en arrière. On ne peut pas. Toute ma relation à mon père, réelle ou fantasmée, n'existe plus que dans mon imaginaire. Je ne saurai bientôt plus si ce que je ressens, ce que je conserve de lui aura été réalité ou fiction. Et je finirai par douter qu'il ait jamais existé. Si ce n'est en rêve, où il se plaira à revenir me voir.

Je le pressens, le souvenir va laisser peu à peu la place à un vide. À l'oubli. Mais pour l'heure une vision m'obsède. Celle de mon père, seul, sous terre. Auprès de ma mère et de mon grand frère. Mais seul dans son cercueil, sous cette terre détrempée. Cependant n'avait-il pas toujours été seul ?

Je tenais mon père pour la cause de tous les malheurs de ma famille. Dès mon adolescence, je l'ai rejeté. La mort violente de mon frère avait été une telle meurtrissure. Son silence avait été une forme de lâcheté. Ibrahim, un soir d'été, baptisant la nouvelle mobylette d'un ami, avait été pris en chasse par deux motards qui revenaient d'une intervention policière dans la cité voisine, La Verrière. Craignant un contrôle d'identité, il avait accéléré. Un coup de guidon trop vif et l'accident était arrivé. L'absence de casque fit le reste. Il agonisa dix minutes sur le bitume, et c'en fut fini de mon frère.

À l'annonce de sa mort, la cité s'était enflammée. Tout le quartier voulait casser du flic. Mon père était monté sur un conteneur de poubelle pour calmer la foule. À l'enterrement, le recueillement fut total. Je me rappelle hurlant : « Pourquoi cette retenue ? Il est mort ! Jamais je ne reverrai mon grand frère ! » Je lui avais reproché sa trahison, son calme déplacé, son absence apparente de colère. Écœuré par son impassibilité, ce que je croyais être de l'indifférence, au milieu des sanglots de ma mère, notre famille s'était retrouvée brisée. La voix silencieuse de mon père était devenue ainsi une torture. Je ne lui avais jamais pardonné d'avoir pris la défense des assassins de mon frère, d'avoir étouffé les cris de révolte. Ce qui me reste de ces années noires, aujourd'hui, c'est ce dégoût pour le silence de l'immigré qui ne fait pas de vagues. Je me suis construit contre cette idée.

L'immigration et la France me donnaient la nausée. Aussi j'avais voulu me réaliser ailleurs, loin de mon frère, de ma mère, de mon père et de Trappes. Voyager et jouer dans les salles du monde entier. Sans attaches ni contraintes. Sans compagne ni enfant. J'étais seul.

5

Besançon – 1976

Mon cher père,

Un frère du foyer m'a présenté sa cousine. Elle est de Casablanca. Fille de la grande ville, elle sait être gaie sans jamais exagérer. Je l'aime, tu sais. Elle est douce et veille sur moi. Elle sera une bonne mère. Et c'est une musulmane. Tu le sais père j'ai beaucoup souffert de ta décision. J'ai dû quitter la Française. Alors je te demande cette fois-ci de me répondre vite et sans trop me questionner. Fais-moi confiance. Seul, je ne m'en sors pas. La vie est trop dure. Je sais que tu comprendras. Je te la présenterai quand nous pourrons revenir au Maroc.

J'étais heureux de savoir que tu avais guéri de ton mal. Allah est grand, mon père.

Ce sont les coulisses du mariage de mes parents que j'écoute. En l'entendant égrainer les événements de sa vie de jeune immigré, je réalise qu'il était lui aussi le fils de son propre père. Les gages de respect à l'égard de mon grand-père sont nombreux. Tout son discours s'articulait autour de maximes ancestrales que son propre père lui avait transmises : travailler pour nourrir la famille, préserver les valeurs et les cinq prières quotidiennes, ne pas manger de porc, ne pas boire d'alcool et trouver vite une femme partageant ces idéaux pour perpétuer le nom et la mémoire de la lignée.

À la station-service, je change de cassette et tombe sur une où il parle de ses enfants. Il ne raconte pas ma haine sourde. Il préfère évoquer mon assiduité scolaire et mes progrès au piano. À la fin de la cassette, un passage me bouleverse :

Père, je t'appelle à l'aide. J'ai besoin de ton soutien dans cette épreuve terrible. Mon petit Ibrahim est mort.

Il est mort, papa. Un accident. En moto. Je suis détruit. Mon amour ne s'est pas reporté sur mes autres enfants.

Je leur donne déjà tout mon cœur. Je ne peux rien leur offrir de plus si ce n'est le silence de mes souffrances. J'espère que ce silence les protégera de ce que j'ai subi, de ce que je ressens. La douleur est si vive... Ma femme, la pauvre, elle n'a plus d'espoir. Sur rien... Ce n'est pas seulement l'amour de l'absent qui me torture, mais tout le temps que j'aurais pu lui consacrer. Chaque fois que je tombe sur quelque chose qui me fait penser à lui, je le revois, son sourire, sa capacité à écouter les autres, son courage pour travailler...

On meurt pour rien dans ces cités. Je me cache parfois au travail pour pleurer. Tu te rends compte, père ? Tu m'as enseigné la dignité. Mais ce manque est insurmontable. Dans chacune de mes prières quotidiennes, il y a une supplique pour mes parents, ma femme, mes enfants et tout le reste de la famille. Si j'étais resté au pays... le destin de notre famille aurait-il été différent ? Depuis la mort d'Ibrahim, je regrette chacun de mes pas en France, chacun de mes choix, chaque seconde où je n'ai pas été attentif à l'un ou à l'autre de mes enfants. Ai-je insulté Allah pour qu'il me reprenne ma seule richesse sur cette Terre ? Les enfants sont notre force et notre faiblesse.

À chaque instant désormais, je tremble pour les autres. J'ai surtout peur pour notre plus petit. Il a changé depuis la mort de son frère. Lui aussi devient silencieux. Il ne réfléchit plus. Il affirme. Toujours. Il a de la colère et il ne sait pas quoi en faire. Je ne sais plus comment l'aider. Lui aussi, il a tellement de peine.

Prie pour lui dans ton dhikr, *papa.*

Pour la première fois, sa voix tremble sur les bandes magnétiques de ce confessionnal. Les sanglots étouffent sa voix. Je l'entends pleurer alors qu'il pensait avoir suspendu l'enregistrement, se reprendre et continuer son propos avant de s'effondrer à nouveau. Il y a ce mot de Nietzsche qui me revient : « Personne n'apprend, personne n'aspire, personne n'enseigne à supporter la solitude. »

Un jour, après le conservatoire, je me souviens, il pleuvait des cordes. Je m'étais précipité dans le bus avec mes camarades. Mon père s'y trouvait déjà, monté à un arrêt précédent, il rentrait du travail. En me voyant, il avait baissé la tête et était descendu à l'arrêt suivant, si loin de notre cité. À travers la vitre, je l'avais vu marcher le long de la voie du bus en remontant le col de sa veste. Une heure plus tard, il était arrivé trempé à la maison. Je n'avais pas su ni même lui demander pourquoi il était descendu. Mon père redoutait que sa seule présence me fasse honte devant mes amis musiciens. « Je ne suis plus assez bien pour lui et la vie qu'il doit mener », voilà sans doute ce qu'il s'était dit.

IV

Besançon

1973-1976

–

23 avril 2022

1

« Bonjour, j'espère que tu vas bien. Je suis désolée de te solliciter seulement quelques jours après que tu as enterré ton père. C'est pour Dublin. Il faut prendre une décision. Pour qu'ils aient le temps de… Enfin, tu sais. Laisse-moi juste un message et je m'occupe de tout. Ne t'en fais pas. En revanche, si vraiment pour la fin de semaine prochaine tu veux annuler… Là, c'est beaucoup plus compliqué pour nous. Je… Dis-moi. Merci et bon courage. » C'est un vocal laconique sur WhatsApp. Le désarroi de mon assistante est réel. Nous n'avions jamais annulé un concert. Pas une seule fois. Elle doit voir que son message a été lu mais qu'il demeure sans réponse.

2

« Il a rejoint son copain Driss chez Lip. Dès la première pause, on s'est parlé et j'ai vu qu'il était différent. Déjà, il parlait très bien. Mieux que moi. Ça m'a vexé et interpellé. J'ai d'abord cru que c'était le fils d'un politicien ou d'un bourgeois du bled. Puis je me suis dit que c'était un agent des renseignements qui venait espionner nos camarades pour le Roi... Depuis mai 1968, nous étions syndiqués et politisés. On voulait protéger nos camarades... »

J'ai donné rendez-vous à Louis Martin dans une brasserie, *L'Assiette qui fume*. Malgré l'heure avancée, l'établissement est encore bondé. Les discussions bruyantes, les annonces de commandes et les bruits de vaisselle. Les yeux perdus dans le vague, je regarde la déco en fausse brique rouge, les bouteilles alignées dans une niche, l'éclairage à l'ancienne, le côté presque cosy du restaurant. Je commande une escalope de veau comtoise et une bière brune. Mon interlocuteur, une matelote d'anguille au vin rouge. Les autres tables sont fréquentées par des jeunes gens, probablement des étudiants.

« Ton père faisait son boulot et il voulait le meilleur pour tout le monde, et à l'usine Lip, il y en avait, des problèmes. Il savait calmer les esprits des ouvriers et plaider le consensus. Mais les intérêts des camarades étaient souvent contradictoires et c'est là où la direction en profitait… On était la France qui se lève tôt, que des abrutis de la haute avaient essayé de monter contre ceux qui n'ont même pas la chance d'avoir un boulot… En vomissant sur ceux qui touchaient des allocations. Ça commence comme ça, le fascisme. Quand les pauvres oublient de faire cause commune… Ton père… même si je l'ai pas revu depuis plus de quarante ans, ça me fait encore plus mal maintenant avec sa mort de repenser à cette époque. C'est aussi un bout du “Grand Martin” qui meurt avec lui. C'est comme ça que ton père m'appelait. Ça me fait du bien de te parler, c'est comme si je lui parlais à nouveau… Tu lui ressembles, tu sais. »

Le Grand Martin est attachant. Son visage se colore au rythme des faits qu'il raconte. C'est un petit théâtre de couleurs. Grand Martin m'administre un cours de syndicalisme sur l'entrée des femmes dans l'usine. Et il me raconte les conflits attisés par la direction : même si elles étaient sous-payées, certains camarades y voyait un risque de chômage pour les hommes qui ruinerait les familles.

La même année que mon père et Driss, la sœur de Louis Martin avait été embauchée aussi chez Lip : « Ton père militait pour les femmes et moi, j'étais contre leur entrée en nombre même si ma sœur faisait partie du lot… Je crois qu'elle était un peu amoureuse de ton père, tu sais… mais elle a fini par en épouser un autre. Auparavant, elle travaillait chez un fleuriste. C'était pas la même ambiance. Il fallait turbiner. Encore, elle avait eu de la chance. Elles étaient pas nombreuses sur les chaînes et elle, elle bossait à la Direction qualité. Son travail consistait à repérer si la chaîne avait généré des ratés. Fallait pas qu'elle traîne mais c'était moins répétitif que pour nous autres. »

Grand Martin exige que je rencontre un autre ouvrier franc-comtois de l'entreprise Rhodiaceta : « C'est avec eux que ton père a fait un peu de cinéma militant », ajoute-t-il. Je vois mal mon père se lancer dans le septième art. Il me manque une partie du film ! « De cinéma militant ? – L'histoire est plus simple qu'il n'y paraît. On a vite compris à l'usine que ton père était cinéphile. Et même qu'il avait déjà utilisé une caméra. Il se trouve qu'à l'époque, un groupe Medvedkine avait été monté chez Rhodiaceta par des syndicalistes et des membres du groupe Medvedkine de Besançon. »

Le Grand Martin m'explique. Malgré les fiascos du début où les projections se limitaient à un public de syndiqués, les travailleurs qui s'étaient déplacés s'étaient reconnus dans les acteurs du film, mais ils avaient la conviction que les cinéastes avaient trahi leur cause en dépeignant l'usine comme un territoire sombre, triste et sans horizon. Même s'ils inscrivaient leur grève dans un idéal romantique pour la condition ouvrière. Les plus enragés des ouvriers pensèrent qu'ils étaient les seuls capables de réaliser un film fidèle à leur réalité. Alors quelques cinéastes du groupe leur avaient appris les techniques de base, du tournage au montage. On leur prêta même du matériel. « Je m'en souviens comme si c'était hier, ton père, quand il entendit parler de ces expérimentations, il prêchait que l'on pouvait très bien être ouvrier et cinéaste. "Et pourquoi pas ?" il avait ajouté. Mais il était plus mobilisateur de se faire assister par les cinéastes de Medvedkine que de se les aliéner…

C'est ma sœur et moi qui l'avons présenté au groupe. Quelques techniciens du cinéma et deux réalisateurs présents ont vite compris qu'il avait du potentiel. Ils avaient été impressionnés par ses idées, la façon dont il voulait associer certaines images et certains sons ensemble, pour raconter leur histoire, qu'ils soient hommes ou femmes. Et puis, il savait écouter les autres et il savait aimer les autres. Et dès qu'il se mettait à parler, qu'on soit ouvrier ou bourgeois, on l'écoutait... »

Le Grand Martin avait côtoyé mon père pendant des années. Il avait partagé son labeur sur la ligne de montage, conversé avec lui durant les pauses ou les grèves. Parfois, j'ai l'impression qu'il me parle d'une autre personne. Il me traverse même l'esprit qu'il le confond peut-être avec un autre ou qu'il n'a plus toute sa tête. Je lui montre une photo, l'air de rien. Mon père de profil, à un âge avancé. « Bien sûr que je reconnais mon frère, je le reconnaîtrais entre mille. Il n'a pas tant changé en vieillissant. Il n'a jamais changé, cet homme-là. Il était fait d'un bloc. » Il essuie une larme. Celui qu'il avait connu, dont il me parlait comme si je partageais ses souvenirs, je ne le connaissais pas. Et plus je tentais de comprendre, de l'envisager autrement, plus il semblait s'éloigner. Comme s'il était de l'autre côté d'une vitre teintée. Plus on s'avance vers elle, plus elle devient opaque. L'image de mon père ne disparaissait jamais, mais elle devient rapidement floue. Une image lointaine, inaccessible. Invisible, insaisissable. Il me semble que mon père me regarde au travers de cette vitre, effacé et muet.

Peut-être que la parole arrache brutalement au silence ce qu'il a gagné lentement. Et le galvaude à jamais. Et si le silence était notre dernier espace de liberté ? Là où s'appréhende notre savoir, ce que nous avons appris de l'existence. Se taire pour accéder au vrai, au beau, au juste ?

Le Grand Martin suspend son récit en observant ma rêverie subite. « Moi, j'ai eu la chance de l'amuser. Il m'a adopté comme un petit frère. Il s'inquiétait pour moi et je me souciais toujours pour lui. J'avais appris à décoder ses absences. Ton père était généreux et serviable, il fallait le solliciter et avoir besoin de lui pour qu'il se laisse approcher. Le deuil et la pudeur m'empêchent de te dire que tu es l'incarnation de ton père. Dès que je t'ai vu, je t'ai reconnu. Le même regard, les mêmes silences, qui parlent pour toi. Sans doute as-tu hérité plus de lui que tu ne le crois. Par amour, peut-être, ton père t'a donné la chance inouïe d'être qui tu es. Tu es bien pianiste, n'est-ce pas ? » J'ai acquiescé.

« Les gars du groupe Medvedkine de Besançon se sont appuyés sur ton père pour concrétiser leur film à l'usine Lip. Ils lui ont confié une partie de la conception et de la réalisation. Non seulement parce que c'était un ouvrier modèle, mais parce qu'il était subtil, convaincant et qu'il avait une vision. On plaisantait en disant que même la marque de leur vieille table de montage lui convenait parfaitement. C'était une Atlas. Et lui, marocain. Les cinéastes parisiens avaient fini par lui offrir. Et ton père, il la donna aux ouvriers… Un soir, ton père m'a projeté deux films en avant-première pour moi tout seul avant leur projection publique à la Maison du peuple de Besançon. C'était le premier film que le réalisateur Chris Marker avait fait sur les Rhodiaceta, *À bientôt, j'espère*. Pour me l'expliquer, ton père prend le cas de Suzanne Zedet, activiste de l'usine Yema de Besançon. Chris Marker en avait fait une femme prisonnière de son foyer et de ses tâches d'épouse, mère et ménagère. Une pauvre femme exploitée qu'il voulait libérer. Quand le groupe Medvedkine de Besançon a réalisé son propre film, celui de ton père, en fait, *Classe de lutte*, la même année, son rôle était différent. Elle dirigeait les grèves dans sa ville. Son tablier d'épouse, mère et ménagère cédait la place à un costume de militante. On y escalade les murs et les barrières. Elle harangue les foules ouvrières. Ton père m'avait expliqué que ce deuxième film permettait de sortir de la représentation classique des travailleurs. C'est pour ça qu'il voulait que je participe au film. Je n'ai jamais oublié la leçon qu'il m'a donnée ce jour-là : "C'est le cinéma parlant qui a réinventé le silence." Je ne sais pas s'il avait lu ou entendu autre part cette phrase. Mais dans sa bouche, elle était chez elle, parlante ! »

Louis Martin reste pensif. Nous finissons notre repas refroidi. La gaufre du dessert me catapulte des années en arrière, un jour où mon père nous avait emmenés au cirque. Comme nous étions fauchés, nous avions seulement visité la ménagerie. Les éléphants et les tigres m'avaient impressionné. Il nous avait offert des gaufres succulentes dont nous léchions soigneusement le chocolat pour en faire durer le plaisir. Un autre temps. Mon père était avec nous. Il souriait, je crois. Même s'il avait passé toute la journée dans son silence habituel. Je le revois plus enjoué qu'à l'accoutumée. Il avait longuement observé les animaux en cage, mi-émerveillé, mi-troublé par leur sort.

3

Il exige de payer l'addition. Je proteste. Sa générosité me gagne, j'accepte et le remercie. Je comprends que c'est mon père qu'il honore par ce geste. Je pense à sa maigre retraite dans ce quartier qui ressemble tant à la cité de mon enfance, à Trappes. Grand Martin est un sacré bonhomme. Avant de nous quitter, il me dit qu'il y a une chose qu'il ne peut pas taire.

Dehors, il fait toujours beau. La rue déploie ses façades aux décorations chaleureuses. Nous marchons côte à côte. Il tient sa canne, s'arrête et, essoufflé, se lance : « Votre père... Il ne vous a rien dit sur Paulette ? C'était plus qu'une collègue de travail. Enfin, vous comprenez... Ils étaient vraiment amoureux. Ils devaient se marier. Mais il avait besoin de l'accord de votre grand-père, qu'il n'avait pas obtenu, malgré plusieurs cassettes qu'il lui avait envoyées pour plaider sa cause. Ça les avait détruits tous les deux, tu sais. Votre père était si costaud avec tout le monde… mais avec son propre père, pourtant à plus de deux mille kilomètres de là, il ne mouftait pas. Ça avait été un drame pour toute l'usine. Et une situation incompréhensible pour tout le monde parce qu'ils s'aimaient profondément. De douleur, Paulette l'avait traité de tous les noms, l'avait griffé. Elle lui avait même craché au visage. À l'usine, devant les ouvriers… Elle était enceinte… Puis, un jour, elle est pas revenue travailler et a disparu… »

Je lui serre la main sans même le regarder, comme si la honte de mon père devenait mienne.

4

Je retrouve ma chambre. Je m'allonge sur le lit. Je regarde longuement le plafond. Mille images s'y projettent, les unes après les autres. Mon père peuple cette pellicule et en traverse les décors. Tantôt affairé à une table de montage avec un collègue, tantôt dans les bras de cette Paulette que je n'ai jamais vue, j'entre de plain-pied dans le cinéma muet de la vie de mon père. Je ne sais pas quel regard il portait sur le monde quand il collait son œil contre l'œilleton d'une caméra. Mon esprit erre entre *Les Temps modernes* de Charlie Chaplin, et *Le Caméraman* de Buster Keaton, le tout monté par Chris Marker. Mon père ouvre la bouche mais aucun son n'en sort. Je distingue les murmures d'une usine, les machines qui s'emballent en silence. Puis tout s'accélère et mon père suit la cadence sous les traits de Charlot. Il me regarde. Les outils volent autour de lui. Il me fixe, désespéré. Il tombe à genoux. Je ne l'entends pas mais il me semble qu'il me demande pardon. Une Paulette enceinte le relève et le couple disparaît du plafond. Je me redresse. Je tire les rideaux. Debout, devant une ville grise, j'enclenche le Walkman. Une nouvelle cassette.

5

[Besançon – 1975]

Mon cher père,

Avec tout mon respect, je veux te demander l'autorisation de me marier sous le regard d'Allah. J'ai rencontré une personne qui est très bien pour la famille et les enfants. C'est une chrétienne. Elle s'appelle Paulette. Elle travaille dans la même usine que moi. C'est une bonne personne. Elle n'a pas eu de chance dans la vie. Elle devait devenir institutrice. Mais ses parents sont morts avant qu'elle n'ait pu finir ses études. Je suis sûr que si tu la connaissais, tu l'apprécierais. Nous voulons nous marier vite. Si nous vivons ensemble, elle pourra reprendre ses études à l'école normale primaire, c'est l'école pour former les instituteurs.

C'est une personne honnête. Elle a bon cœur. Et elle sait se satisfaire de peu.

J'ai vraiment besoin que tu dises « oui », père, car elle illumine ma vie. J'ai maintenant 37 ans. Tu me demandes chaque année quand je me marie. Tu sais que c'est compliqué, pour nous qui sommes étrangers. Et c'est dur de vivre sans femme. Enfin, je veux te dire, j'ai hâte d'avoir ta réponse...

Je ne sais pas comment mon père a reçu la réponse de mon grand-père. Ni en quels termes elle lui a été signifiée. Ce que je sais, c'est que nous sommes les enfants de ce refus. De l'acceptation de mon père des ordres de son propre père. Sur tout cela, il avait gardé le silence toute sa vie. L'année suivante, il se mariait avec ma mère. Et il allait rejoindre la vie classique de bien d'autres immigrés, faisant presque tout le reste de sa carrière dans le bâtiment, où ses patrons seraient contents de son travail. Il allait rentrer dans le rang. Il allait aussi refuser d'exercer toute forme d'autorité sur nous. Il savait se faire obéir, mais il nous laisserait toujours libres de nos choix. Même lorsque ceux-ci échappaient à toute logique ou qu'ils heurtaient ses valeurs morales ou politiques. Je me souviens lorsque ma sœur Khadija avait commencé à sortir maquillée, avec des bottes blanches. Et lorsque, sous nos fenêtres, elle avait été prise à partie et violentée par des gamins qui se prenaient pour des gardiens de la vertu. Mon père avait dévalé l'escalier, s'était approché lentement de ma sœur, sans même prêter attention aux gosses du quartier. Et il l'avait prise dans ses bras. En remontant, il lui avait parlé tout bas. « Je t'aime ma fille ! Je suis fier de toi. » Et pendant des mois il l'a accompagnée quand il le pouvait pour qu'elle ne soit plus importunée, en tenant toujours fièrement sa fille par le bras comme s'il la conduisait à l'autel pour son mariage.

Cassette suivante. Mon père a déjà reçu la réponse de mon grand-père. Il prononce les mêmes mots de respect pour son père et toutes les autres formules attendues. Mais quelque chose a changé dans l'inflexion de sa voix. Comme si elle était devenue atone. Comme s'il ne croyait plus vraiment à ce qu'il disait.

C'est cette voix qu'il y a sur toutes les cassettes suivantes.

C'est cette voix que j'ai toujours connue.

Ce n'est pas dans les mots qu'il emploie que se situe la différence, mais dans ce qui se murmure, ce ressentiment et ce dégoût hantant les silences entre chacun de ses mots. Il ne dit rien sur la réponse de mon grand-père, si ce n'est un bref et déchirant : « Pour le mariage, j'ai fait comme tu m'as dit. »

J'aimerais tant parler à cette femme, Paulette, mais je ne peux pas. Elle a disparu.

V

Le Gard

1976

–

24-25 avril

1

– Pas d'inquiétude, j'y serai. Tu me réserves un Marseille-Berlin le 25… plutôt en fin d'après-midi.

– Tu es sûr que…

– J'ai presque terminé. De toute façon, je ne vais pas sacrifier l'enregistrement. Trop d'enjeux.

– Et une fortune si on annule.

– Désolé, encore. C'est… bon, je t'en parlerai un jour. Il fallait que je le fasse.

2

Je me retrouve sur une route silencieuse qui passe non loin du pont du Gard, dont la voie serpente entre des platanes grillés par le soleil du Midi. Je suis toujours sonné par la voix grésillante de mon père qui se superpose aux contours de ce paysage de garrigue. J'entends encore une de ses phrases lapidaires, faite pour tirer un trait sur une vie, accepter l'inacceptable : « Pour le mariage, j'ai fait comme tu m'as dit. » La bande magnétique s'était comme étranglée à ces mots, et avait laissé place à un long silence.

La fatigue, le trouble, je manque de m'endormir au volant. Alors je décide de m'arrêter sur le bord de ce chemin aride, le début d'un sentier d'une propriété agricole. Pareil à des milliers d'autres, avec son allée d'arbres, ses roubines, de la mauvaise herbe partout et quelques mottes de terre asséchées, craquelées. Je ferme les yeux. Je glisse la cassette de 1976 dans le Walkman. Et la voix de mon père résonne à nouveau alors que le vent passe dans les branches des arbres autour de la berline.

[Saint-Laurent-des-Arbres – 1976]

Mon cher père,

Je prie pour que cette cassette vous trouve en bonne santé. Je pense à vous et j'implore Allah pour vous. Qu'il nous guide sur son chemin droit. Pour le mariage, j'ai fait comme tu m'as dit. Je suis maintenant dans le sud de la France. J'ai changé de région et de métier. Je travaille la terre comme je le faisais chez nous. Ici, nous produisons surtout des melons. Le climat est bon pour mes poumons. Il faut les nettoyer un peu. Le charbon et le ciment n'ont pas été tendres avec moi. Je suis de nouveau dans des baraquements avec les autres ouvriers. Ce sont des villages construits à la hâte autour de l'exploitation. Il y a des harkis avec nous. Peut-être ne sais-tu pas ce que ça veut dire ? C'est comme ça qu'on appelle les Algériens qui se sont battus aux côtés de la France. Ils ont perdu la guerre, ils ont perdu leur terre, et vivent désormais ici comme des exilés. Ils vivent entre eux. J'ai trouvé un nouvel ami, il s'appelle Mohand. Il est encore jeune et son insouciance et sa joie allègent les chagrins que l'exil et la distance provoquent. Au lieu de m'apitoyer sur mon sort, je m'efforce de l'aider, comme un grand frère. Il me rappelle Driss. Ici, nous travaillons très tôt mais notre journée de corvées s'arrête avant le coucher du soleil. J'ai le temps de me promener pour admirer le paysage qui me ramène souvent au pays. Parfois, je me promène tout autour de la propriété, sur une sorte de digue construite pour protéger les champs des crues. Ici, comme chez nous, il ne pleut pas souvent. Sauf aux mois de septembre et octobre, et là c'est le déluge ! Je n'avais jamais vu ça, c'est comme si Allah déversait des bassines d'eau.

Parfois, ma nostalgie se dérobe devant la lumière magique des matins. Pour être honnête avec toi, je me demande si je vais encore ici de l'avant, même si, au moins, je sais pourquoi je suis à la fois ici et avec vous. Mon cher père : sache que je te remercie tous les jours de m'avoir envoyé dans ce pays et de m'avoir fait confiance. Chaque jour, je prie le Seigneur de me hisser à la hauteur des honneurs et espoirs que tu as semés en moi. Le vent terrible qui souffle ici parfois, le Mistral, emporte mes mots vers vous.

3

J'ai fini par mettre le GPS. Au bout d'une demi-heure, je m'arrête devant un petit mas sans prétention encorné sur une prodigieuse vallée où des taureaux paissent. Sans réserve et avec un grand sourire, Mohand m'accueille à bras ouverts : « Je l'ai érigé moi-même, pierre après pierre, à la sueur de mon front… Au gré des rentrées d'argent. Au début, c'était un simple tas de cailloux. Une terre dont personne ne voulait. Pas un arbre. J'ai planté d'abord les arbres, puis la maison… » On s'installe dans le salon. Il a déjà préparé du thé avec la menthe fraîche de son jardin.

Après les formules d'usage, impatient, il me demande d'entendre l'une des cassettes. Il s'empare de mon Walkman et enclenche la même cassette de 1976. Tandis qu'il écoute dans le silence des écouteurs, il sourit. Ses premières paroles évoquent le baraquement. Parce que, en ces années-là, c'était une vie collective, où l'intimité n'avait guère de place. Il m'explique que, quand ils avaient un peu de temps pour eux, certains privilégiaient le repos, couchés sur leur lit ou assis à l'entrée du dortoir, et d'autres optaient pour des balades en solitaire. « Ça, c'était ton père… » « Au milieu de la nuit, on entendait de temps à autre un ou deux jeunes qui avaient sûrement triché sur leur âge. Ils pleuraient en réclamant leur mère. Le soir, parfois on fêtait la paye *Chez Mousset-Piplard*, le café de la place. Au café, je me souviens surtout du tapage que faisaient les Ritals. Ils chantaient beaucoup. Leur répertoire on a fini par le connaître nous aussi. Si tu avais entendu ton père chanter en italien… *"Quel mazzolin di fiori"*, *"Sul cappello"* et *"Tapum"* – plus personne connaît ça aujourd'hui, encore moins chez les Arabes. Les voix résonnaient dans le café. Certains des chanteurs étaient d'anciens des maquis du Piémont ou de la Lombardie. Ils nous apprenaient aussi des chansons qu'on ne connaissait pas, comme *"Bella ciao"*. C'était grâce à ton père qu'on avait pu avoir de bons rapports avec les Ritals. Il avait un cœur comme ça ! Tout le monde le voyait. Mais l'alcool leur montait vite à la tête… Quand ils se mettaient à jouer à la mourra, c'était la bagarre assurée. Tu ne connais pas la mourra ? Un jeu de main, ça commence avec les doigts, et je peux te dire que ça se termine systématiquement par gifler dur. Le patron de la gargote avait beau être compréhensif, il foutait tout le monde dehors dès que ça commençait à partir en cacahuètes... Tu avais toujours les soirs d'été des gars du coin, des gros bras qui venaient casser de l'Arabe... Dans ces circonstances, la solidarité des immigrés ne s'embarrasse ni de nationalité, ni de langue ni de religion. C'était tous contre les autres. Le nombre calmait vite les fachos.

Ton père avait un petit bas de laine en arrivant dans le pays. Il s'était acheté une mobylette avec, une 103 Peugeot rouge. D'emblée, il avait pensé à nous. Il jouait les facteurs et surtout il faisait les courses. Ça nous évitait de passer par le magasin de la propriété ; qui était plus cher... C'était comme la taule, un cantinage avec des marges pour te manger ton salaire... ça a vite changé avec ton père... Il avait en tête d'arrondir ses fins de mois le dimanche en allant aux MIN décharger les camions... Les MIN ça veut dire le Marché d'Intérêt National, en gros, c'est comme Rungis mais en plus petit. Chaque département a le sien. Ton père partait à l'aube, quand les routes étaient encore plongées dans le noir. Souvent, il m'emmenait sur le porte-bagages. Je m'accrochais à son gros blouson en cuir marron. Je m'en souviens. Si je ferme les yeux, j'entends le bruit de la bécane, le silence de la nuit, les camions et les bagnoles qui nous frôlaient sur la nationale. On racontait que c'était le jeu préféré des fachos du coin de nous rouler dessus… On appelait ça : "Décrocher du melon"… Les melons, c'était nous, c'était le sale nom qu'on donnait aux Arabes dans la région. Le matin ou le soir, ils roulaient à toute allure et dès qu'ils voyaient une mobylette… ils déportaient leur voiture au dernier moment pour nous foutre dans le bas-côté. Un matin, ton père a senti qu'un conducteur avait en tête de nous tuer, et il m'a gueulé : "Saute !" On a fini dans la roubine avec la mob qui continuait à tourner et à fumer pot d'échappement en l'air dans le tas de feuilles mortes… En général, on arrivait sur le parking des MIN vers 5 h 30. Et là, plein d'autres gars comme nous se rassemblaient au cul des camions, et attendaient le patron. C'était toujours l'un des maraîchers. Ces gars-là, ils avaient leurs têtes, ils savaient qui bossait bien. S'ils te pointaient du doigt, tu allais bosser, autrement il fallait rentrer. On pouvait gagner jusqu'à un Racine par matinée, les bons jours, un Delacroix. Mais si mais si… les billets de 50 francs ou de 100 francs, t'as connu ? Un autre papier que maintenant, ils froissaient dans la main les billets, un bruit comme du journal… »

Dans l'album photo que mes sœurs ont retrouvé en débarrassant la commode du salon de l'appartement, il n'y avait aucune photo de notre père. On y retrouvait ma mère, mon frère, mes sœurs et moi-même, à différentes époques de notre histoire. Pourtant, ce n'était pas lui le photographe. Il s'éclipsait toujours du cadre. Prétextait avoir quelque chose à faire. À pas feutrés, il esquivait l'objectif. Il restait hors-champ. La reliure fatiguée était la preuve que l'album avait été souvent ouvert. Les nombreuses traces de doigts sur le film plastique protégeant les photos confirmaient que mon père les regardait méticuleusement. Je n'avais pas pris le temps de les trier et j'avais simplement pris deux, trois photos avec moi, et une plus énigmatique au dos de laquelle était écrit « Mohand ». Parmi toutes ces images surgies de son passé, une m'est revenue en mémoire lorsque Mohand a parlé de la mobylette. Dans l'album, il y avait un Polaroid du 103. Peut-être l'avait-il ramenée à Trappes lorsqu'il s'y est installé, en souvenir de ses années passées ? Je me souviens de l'engin, le seul qu'il ait jamais possédé. Il s'était rendu à son travail avec jusqu'à ce qu'elle rende l'âme. Pas faute de l'avoir bichonnée, couverte l'hiver et rentrée l'été. Mais l'usure des années avait eu raison de la bécane. Enfant, sa mobylette me semblait fabuleuse, pétaradante, superbe. Adolescent, elle devint le symbole de ma honte, c'était une mobylette de blédard... d'immigré qui courbe l'échine, accepte sa défaite et celle de ses enfants... Tandis que Mohand me parle comme les autres d'un père que je n'ai pas connu, d'un frère pour eux, d'un ami sûr, j'efface les souvenirs idiots qui m'ont tant éloigné de lui, de cette honte pénible. J'essaye de retrouver cette fierté que j'avais pour sa mobylette. Et je nous revois dans notre salon, attendant qu'il rentre, impatients, excités – c'était le meilleur moment de la journée. Le bruit de ses pas dans l'escalier, et notre course collective pour l'assaillir de baisers, d'embrassades, et de fouiller dans les poches de son manteau, certains qu'on y trouverait un chocolat en papillote, une figurine Panini, un petit bracelet, un caramel mou.

Je me souviens d'un jour de neige où il avait tardé à arriver. Nous l'avions attendu, les visages collés aux carreaux embués par nos respirations. Couverte de neige et de verglas, la rue paraissait impraticable. Mon père avait finalement débouché de l'intersection. Pour ne pas tomber de sa mobylette, il roulait les jambes tendues devant lui, pour assurer son équilibre. Lorsqu'il avait fait son entrée dans l'appartement, je me rappelle que nous avions été fascinés par sa moustache et ses sourcils gelés, comme s'ils n'étaient que glaçons sous son casque.

Il ne comprenait pas notre joie. Il était notre bonhomme de neige, et nous nous étions blottis contre lui pour le réchauffer.

Dans l'appartement, j'avais retrouvé sur une autre étagère un classeur avec une élégante couverture en cuir noir. J'avais été aussitôt troublé par son contenu : des photocopies de mes diplômes, de mes prix internationaux, une partie des articles parus dans la presse sur ma carrière de pianiste, classés par années. Il avait même réussi à retrouver des parutions dans des revues étrangères dont j'ignorais l'existence. À la fin du classeur, dans une enveloppe en kraft, des tickets de mes concerts en France, les places les moins chères, aux sièges les plus éloignés et les plus inconfortables. Il avait toujours été là, sans prévenir mes sœurs. Il avait assisté à mes récitals. Qu'avait-il entendu dans ces notes ? De la joie ? De la tristesse ?

Je montre à mon hôte l'album et la photographie légendée « Mohand » au dos. On le voit – je le reconnais désormais – accompagné d'une adolescente et de plusieurs jeunes hommes, probablement maghrébins. Je me risque : « C'est Paulette ? » Mohand tout sourire me dit : « Non, mon fils. L'adolescente c'est Leila, ma femme. On était tous de Kabylie. Toute la famille de Leila avait été assassinée. Tout mon village, en fait. Parce qu'un gars du douar avait été soupçonné de renseigner l'ennemi colonisateur. À tort, comme souvent. J'avais seize ans. J'étais l'un des rescapés. Ensuite, j'ai rejoint l'armée avant de déserter, dégoûté par ce que j'ai vu lorsque je portais l'uniforme. J'ai combattu le colon et puis je l'ai suivi chez lui… J'étais si jeune… Quand ton père est arrivé à Saint-Laurent-des-Arbres, c'était pour rejoindre une entreprise du bâtiment, mais après deux mois, il a finalement grossi les rangs du melon. C'est là qu'il a pris conscience de la situation de nous autres, les harkis. J'étais l'un des rares à pouvoir sortir du camp. Mes bras étaient taillés pour pousser les brouettes. Ton père m'a pris sous son aile. Leila avait quitté l'Algérie à mes côtés. On était plein de rêves… et on est arrivé en prison. Le premier hiver, dans le camp, Leila a accouché d'une petite fille. Notre premier enfant. J'étais si fier. Elle était si belle, une petite chose fragile. Tu vois, deux jours après sa naissance, Leila a eu un pressentiment. Elle avait senti que son bébé ne passerait pas l'hiver. Le froid redoublait, le vent s'infiltrait partout dans les baraques. Un mois après sa naissance, la petite est tombée malade. On n'a rien pu faire… On l'a enterrée dans un petit carré derrière le camp. Pardon, si je pleure, mais voilà que je revois Leila, si triste, et moi tellement en colère. On était seuls au monde. Des années plus tard, ton père est arrivé et ce fut comme un soleil. C'était un tel ami… En 2000, à ma demande, ton père est venu de Paris et nous a retrouvés avec Leila dans le village où on avait travaillé ensemble. Avec ma femme, on avait senti qu'il nous fallait revenir sur les lieux du camp. On n'a jamais eu d'autres enfants après ça, tu comprends… Mais on avait besoin de notre grand frère pour revenir sur la tombe de notre petite fille, on avait besoin de son soutien… Et il a été formidable. Il y avait des travaux sur le site, et Leila était tourmentée à l'idée que le corps de sa petite Myriam soit déterré et jeté dans une fosse commune. »

Mon père, me raconte-t-il, avait déjoué les obstacles administratifs avec l'aide d'une association de fils de harkis. Ils avaient pu localiser le lieu probable de la tombe de Myriam. Tous trois s'étaient rendus sur place. Un grand panneau annonçait la mise en œuvre prochaine d'un gigantesque projet immobilier. À leur arrivée, un homme du chantier leur avait conseillé de rebrousser chemin. Il leur avait affirmé que les ossements d'un nourrisson avaient sans nul doute disparu.

« Alors, ton père, qui avait pris à part le type pour que Leila n'entende pas leur conversation, lui avait montré un procès-verbal de gendarmerie détaillant, plan à l'appui, la localisation d'un "terrain vague" concentrant plusieurs sépultures et faisant état d'un registre d'inhumation. Quelques ouvriers firent semblant de chercher sur l'ordre du contremaître. Mais ton père les accompagnait et lui aussi, il creusa. Et il nous est revenu avec un petit sac plein de terre. Je soupçonne qu'il a fait semblant de trouver la sépulture de notre fille. On a acheté une concession avec Leila pour enterrer ce que ton père avait exhumé. Leila était un peu plus apaisée après. Jusqu'à ce qu'elle tombe malade, chaque jour, elle s'y rendait pour fleurir la tombe de sa fille. Elle y repose désormais, à Montfavet. »

Avant de nous séparer, il me fixe longuement avec ses yeux pleins de tendresse et d'amertume, et me lance : « L'enfant est le père de l'homme. Il est aussi le fils du père. »

VI

Saint-Malo

26 avril 2022

1

[Trappes - 1991]

Mon cher père,

Les enfants se portent bien. Ils sont parfois turbulents mais ils amènent de la gaieté dans la maison. Ma femme est courageuse. C'est elle qui s'occupe d'eux toute la journée. Et aussi du reste. Sauf pour l'administratif car il faut écrire en français, même si elle a fait de grands progrès. Mon travail, ça va. Je gagne assez d'argent pour la famille. Il faut que je te dise que cette année nous avons eu très peur pour notre petit Amine. Je te dis le mot en français car je ne sais pas comment ça se dit en arabe : « péritonite ». Les Français sont parfois durs avec les immigrés mais au moins quand on est malade on a de bons médecins et de bons hôpitaux. Il y a bien sûr les accidents du travail. Je fais attention à toujours porter mon casque. Mais on n'a pas toutes ces morts mystérieuses comme chez nous, où quelqu'un est là un jour et le lendemain on apprend qu'il est mort sans jamais savoir pourquoi. On est soignés comme les autres. Les médecins ont sauvé la vie de ton petit-fils. Et ils ont été très gentils avec nous. Les infirmières aussi. C'est parfois difficile ici, mais il y a des gens de bien partout. On a eu très peur en tout cas. Sa mère a beaucoup pleuré. Ça nous a rapprochés. Je crois que je l'aime encore plus. Même si, comme tu le sais, mon cœur est ailleurs. Tu as refusé la Française. Je t'ai obéi. Cela m'a beaucoup coûté. Et ça me coûtera jusqu'à ma mort. Mais il faut respecter nos pères et nos mères. Même quand ils se trompent. Le destin est ainsi fait pour chacun d'entre nous. Les parents traduisent la volonté d'Allah. Je t'ai obéi. Je ne le regrette pas et je le regrette tous les jours. Même si j'aime ma famille. Même si mes enfants me donnent beaucoup de bonheur. Même si j'aime ma femme. Je l'aime mais elle sait qu'une autre occupe toujours mon cœur. J'ai toujours aimé les fleurs, leurs couleurs, leur parfum. Elles disent elles aussi quelque chose d'Allah et de notre vie sur Terre. De sa vanité. Du silence de nos vies dans le tremblement du monde. Elles s'agitent au vent comme nous frémissons à la volonté de nos parents. Certaines y survivent. D'autres en meurent. Toutes se fanent.

2

– Allô ?

– Oui, c'est le Grand Martin. Tu m'entends, petit ?

– Oui. Je suis à l'aéroport. J'embarque dans une heure.

– Je voulais te dire... après notre discussion, j'étais chagriné de te laisser avec mes secrets... sans t'aider...

– Vous m'avez beaucoup aidé...

– Non, non, je veux dire... pour toutes les questions sans réponses.

– C'est-à-dire ?

– Paulette. C'était vache de t'en parler alors que je ne savais pas ce qu'elle était devenue... Bon, du coup j'ai appelé les gars du syndicat pour savoir si dans les registres y avait pas quelque chose, une adresse, un numéro. Et... Bingo ! La fille que j'ai eue, une crème, elle a épluché les registres, tout, et elle a retrouvé la trace d'une certaine Paulette. Et, plus fort encore, elle a fini par découvrir qu'elle avait continué à cotiser au syndicat. Tous les ans, ils recevaient un chèque, chaque année depuis son départ. Et jusqu'à l'année dernière ! Tu le crois, ça ? ! Mieux, ils ont trouvé trace d'un don lors des grands débrayages pour cotiser à la caisse de grève. Fou, non ? J'ai une adresse, un numéro. Bon, elle est à Saint-Malo, c'est pas la porte à côté, je ne sais pas trop où tu es, maintenant... Mais qu'est-ce qu'on ferait pas pour Paulette !

Il rigole et sifflote l'air de la chanson de Montand.

– Vous pouvez m'envoyer ses coordonnées par texto ?

– T'as pas de quoi noter ? Moi je sais pas faire ces trucs-là... Donc, note : 15, chaussée du Sillon à Saint-Malo. Attends, j'ai aussi pris son numéro de téléphone...

3

J'ai raccroché et changé mon billet d'avion au comptoir de Marignane pour un vol direction Saint-Malo avec une escale à Paris.

Après j'ai essayé d'expliquer l'énième rebondissement à ma productrice qui, je l'entendais, commençait à se lasser. Il y avait des choses qu'elle comprenait, d'autres qui lui passaient au-dessus.

Je lui ai expliqué que de rencontrer Paulette était, pour moi, « vital ». Je ne savais pas pourquoi mais il me fallait lui parler. Dans un coin de mon esprit, j'étais persuadé que si cette quête était menée à son terme, alors l'enregistrement des *Suites* serait réussi. Il me fallait aller jusqu'au bout, tenter de croiser cet esprit, ce fantôme, peut-être celui de mon père.

« Il faut qu'il s'assoie à mes côtés dans le studio, devant le piano. J'ai besoin de ses mains… C'est l'affaire d'une journée, je te le promets. Après Saint-Malo, Berlin, l'enregistrement, puis je reprends la tournée… »

4

Si l'on fait dos à la maison, c'est toute la baie de Saint-Malo qu'on a devant les yeux. Et, en contrebas, sur la plage, en fin d'après-midi à marée basse, se dressent les pieux de bois qui protègent la corniche de la houle des vagues. Des brise-lames.

Le numéro 15 de la chaussée du Sillon est une jolie bâtisse cossue, une maison de pierre de taille de deux étages, comme un ancien pavillon ouvrier. Il y a un petit portail blanc et une sonnette en laiton, un bruit de cloche que le vent couvre. Sur le muret, écrit sur un rectangle de faïence, le nom de la maison, comme un pied de nez à l'océan et à la vie : *Brise-Larmes*.

J'ai apporté des gâteaux et un bouquet de fleurs. C'est Paulette et sa petite-fille qui m'ouvrent la porte. Une silhouette frêle, appuyée sur une canne, et une autre grande, élancée, me font face devant le perron. C'est cette dernière que j'ai eue au téléphone il y a une heure. Installé à l'hôtel d'Angleterre, qui jouxte la maison, j'ai appelé le numéro. Lorsque j'ai parlé de mon père, dit son prénom, après un silence et le murmure d'un échange entre la jeune fille et sa grand-mère, j'ai entendu au loin d'une voix légèrement tremblante : « Oui, oui, qu'il vienne. Je serais heureuse qu'il vienne. »

La voix est calme et posée à présent. Ses yeux creusés racontent la douleur du passé : « Vous lui ressemblez beaucoup, vous savez ? Et cette voix… C'est la sienne. Je ne l'ai jamais oublié. Il ne vous a probablement jamais parlé de tout ça. Avec moi, il parlait tout le temps. On était heureux. Même si une part de lui était restée de l'autre côté de la Méditerranée. Il me racontait son pays, il était intarissable. Les saisons, les arbres, la couleur du ciel en hiver, le crépuscule en été. Les plats de sa mère et son intelligence. Il me disait que je lui ressemblais… Avec cette malice dans les yeux, une façon de dire qu'on n'est pas dupe du monde. Qu'en dépit des lois et des interdits, rien n'éteindra ce regard et ce que l'on y cache, sans possibilité qu'on vous l'arrache. Votre père adorait parler du Maroc, de son enfance, de sa famille. Il me disait qu'il avait été un gamin timide. D'une timidité maladive. Longtemps, il avait eu peur des autres. Il préférait la contemplation des étoiles, se balader avec ses chiens, être avec son père aux champs. Il aimait s'attarder avec les bêtes au crépuscule, attendre la disparition du jour derrière les collines. Il parlait de ses moments perdus comme s'il s'agissait d'espaces intimes. Nous aimions nous balader. Le long de la rivière, le débit régulier du Doubs, à Besançon… Le retour à la réalité ordinaire lui était toujours si douloureux. »

Paulette m'apprend qu'elle restait ainsi des heures à ses côtés. Elle avait la sensation étrange de lui être totalement inutile et indispensable à la fois. Était-il saisi par la mélancolie ? De sa terre natale, sa famille, ses amis, de son propre destin inachevé ? Les rares fois où elle osait lui poser la question, elle obtenait pour toute réponse un sourire tendre et doux qui calmait ses angoisses sans pour autant éclairer ses pensées, sur les sentiments réels de mon père vis-à-vis d'elle et de la vie.

Ils passaient leur temps dans le jardin ouvrier et dont ils extrayaient, non sans une certaine fierté, les légumes avant de les mettre en valeur dans la cuisine. Elle évoque les repas de fête dans ce jardin qui réunissaient des familles de toutes origines. Les tablées improvisées, des tréteaux et de grandes planches de bois alignés et des bougies tout du long, où joie et rires les nuits de solstice se croisaient.

« On jouait aux dominos, on parlait fort, parfois de choses qui ne se disent pas chez nous. Votre père était toujours réservé. Il quittait la table, l'air de rien, lorsque les discussions heurtaient sa pudeur ou que les médisances s'invitaient dans les échanges. Mais, vous savez, ce n'était pas simple. À l'époque, c'était mal vu de quitter le groupe… Je ne sais pas… Enfin… il y avait des regards, des mots aussi. Votre père se défendait. Il était courageux, et si amoureux… »

Elle dit simplement : « Nous étions amoureux. » Elle rigole, un rire doux qui cascade. Défiant les convenances, et loin de l'image que je m'étais faite d'une histoire d'amour impossible, mon père vivait, aux côtés de Paulette, un amour fier et, parfois, léger.

Elle reprend un air plus sérieux alors que sa petite-fille m'apporte un café fumant dans une tasse ébréchée. « J'ai eu des nouvelles de votre père il y a quelques années. Après la mort de votre mère. Il ne trahissait personne. Ni son père, dont la parole l'avait éteint, ni sa femme votre mère, qui avait été sa seconde vie. Il en parlait dans ses lettres avec beaucoup de tendresse et de tristesse. Sa disparition l'avait laissé si désemparé… Vous n'étiez plus là. Et il était seul dans son appartement. Nous avons alors pris l'habitude de nous écrire pendant toutes ces années. J'ai une quantité de lettres de votre père, ici. Il parlait de vos sœurs, de ses petits-enfants, de vous, de vos concerts. Comme j'aimais aussi la musique, il me faisait parvenir certains de vos enregistrements. Des mois avant vos concerts à Paris, il m'expliquait qu'il se préparait à l'écoute. Il se rendait à la bibliothèque du quartier pour écouter chacun des morceaux qui seraient joués. Il tentait d'entendre les différences entre les interprètes, et espérait "saisir la subtilité de votre jeu", comme il l'écrivait. Après les concerts, il me racontait le concert, votre jeu, la salle, l'attention de l'auditoire. Il était si fier. Je me souviens d'une lettre après votre passage à Pleyel pour un récital, Chopin, je crois. Il me racontait avec toute sa pudeur avoir été ému aux larmes par un des morceaux des *Nocturnes*. Il racontait que la beauté de ce moment l'avait apaisé. Que, durant un instant, il avait senti que vous étiez réunis, vous et votre frère, au piano. Qu'il était assis sur le tabouret à vos côtés. Qu'il avait vu vos quatre mains, appuyant alternativement sur les touches. Il avait appelé ça, la "communion". »

La nuit est tombée dans la maison de Paulette. Elle vit depuis le décès de son mari avec sa petite-fille, Anne.

Elles sont comme deux amies complices, malgré la différence d'âge. J'ai fini par prendre congé, une longue route m'attendait.

Ma productrice m'avait trouvé un chauffeur pour m'emmener jusqu'à Berlin dans la nuit. L'enregistrement était prévu pour le jour d'après.

Paulette, avant que je ne parte, m'a demandé de jouer sur son piano. Un instrument un peu désaccordé, avec certaines touchés enfoncées.

« L'une des *Nocturnes* de votre père, s'il vous plaît… »

5

[Paris, 2000]

Mon cher père,

Cette année, Amine est parti pour Boston. Il a été sélectionné par une grande école américaine de musique. Il étudiera le piano tous les jours et avec des professeurs importants. Il va devenir un grand pianiste. Je savais qu'il partirait un jour. C'est normal. C'est le cours de la vie. Mais je dois t'avouer que j'en souffre. Beaucoup. As-tu souffert, toi, père, quand je suis parti ? As-tu ressenti ce vide ? As-tu compris que je ne reviendrais plus ? Que mes promesses de retour étaient des mensonges, que ma vie était ailleurs ? Je suis si fier de lui, car il a un noble avenir. Il a travaillé dur au conservatoire, réussi tous ses concours de piano. Il m'a expliqué qu'il ne pourrait pas progresser ici. "Le mieux, c'est de partir", il dit. Tu l'aimerais beaucoup, je crois. Tu m'as déjà dit que sur les photos il me ressemblait enfant. C'est désormais un beau jeune homme. Et une âme pure. Il joue si bien du piano… Je l'ai écouté lors du récital à la sortie du conservatoire. Je serrais fort la main de Malika pour ne pas pleurer. Tu sais, je l'ai entendu dire quelques phrases en arabe à la maison. Il le parle bien mieux qu'il ne l'avoue même si nous n'avons pas l'occasion de l'utiliser en famille. D'après ses sœurs, il parle encore mieux l'anglais. Tu te rends compte ? Ton petit-fils va vivre comme un Américain. Quand on émigre, on ne sait jamais si on va réussir. C'est sans importance si on ne devient jamais quelqu'un et que l'on se sacrifie. La réussite des enfants donne un sens à l'existence. Lui aussi j'espère qu'il aura des enfants. C'est un bon fils. Depuis la mort de sa mère, il s'est refermé. Je n'espère qu'une chose… que disparaisse la colère qu'il a en lui. Je sais que la mort de son frère lui pèse. Comment l'aider ? Je crois que c'est important que son frère ne soit pas une ombre. As-tu souffert comme je souffre aujourd'hui de son absence ? Peut-être entendrais-je ta réponse dans mes rêves.

Père, une dernière chose. Peux-tu déposer un rameau d'olivier sur la tombe de ma mère ?

Keith Jarrett ne savait pas que l'enregistrement de ce concert qu'on pressentait raté serait à ce point universel. L'album de classique le plus vendu au monde. La fortune du label ECM – ce label pour lequel je commence l'enregistrement à Berlin des *Suites* de Bach. Je pense à la voix de Keith Jarrett sur la ligne mélodique. J'entends les *6 Partitas* de Glenn Gould. Le son du piano, et la musique de ses respirations, de ses murmures et de ses fredonnements. L'imperfection est une chance. Les enregistrements imparfaits sont peut-être les plus personnels.

Penché sur le clavier. Mes bras tombent de fatigue. Face à mon piano, les notes ne résonnent plus pareil. Le silence résonne. Et mon père emplit chacune des pauses. Mon frère est assis à mes côtés. Il m'encourage, me parle, il rit de mes audaces, est ému de mes mouvements.

Nous sommes ensemble, tous les trois.

Walter Benjamin écrit que le silence est une réponse au chaos du monde, une sorte de défi lancé aux aventures de la vie. Une panne, dans nos récits. C'est vrai.

Le récit, celui de sa vie, mon père l'a conservé en secret. Il n'est jamais trop tard pour exhumer les souvenirs, leur sens. Il nous faut rassembler ceux des autres, également, voilà ce que ces cassettes m'ont appris. Nos pères et nos mères vivent en chacun d'eux. Nos enfants survivent grâce à eux.

Après l'enregistrement, j'irai au Maroc avec mes sœurs. Nous irons visiter le cimetière de nos ancêtres. Nous rencontrerons la famille et lui raconterons l'histoire de notre père, son épopée.

Nous marcherons le soir. Nous attendrons que le soleil se couche sur la vallée. De là où il est aujourd'hui, mon père s'inquiétera de ne pas nous voir rentrer à la tombée de la nuit. Mais en entendant les notes soutenues, il saura que ses silences auront ému le ciel.

Du même auteur

Nous avons tant de choses à nous dire
Pour un vrai dialogue entre chrétiens et musulmans
(avec Christian Delorme)
Albin Michel, 1997 ; coll. « Espaces libres », 1998

Les Nouveaux Penseurs de l'islam
Albin Michel, 2004 ; coll. « Espaces libres », 2008

Mohammed Arkoun.
La Construction humaine de l'islam
Itinéraires du savoir
(entretiens avec Rachid Benzine et Jean-Louis Schlegel)
Albin Michel, 2012

La République, l'Église et l'islam
Une révolution française
(avec Christian Delorme)
Bayard, 2016

Le Coran expliqué aux jeunes
Seuil, 2013 ; nouvelle éd. augmentée, 2016

Nour, pourquoi n'ai-je rien vu venir ?
Seuil, 2016
et sous le titre Lettres à Nour
Points, 2019

Finalement, il y a quoi dans le Coran ?
(avec Ismaël Saidi)
La Boîte à Pandore, 2017

Des mille et une façons d'être juif ou musulman
Dialogue
(avec Delphine Horvilleur)
Seuil, 2017 ; Points, 2019

Ainsi parlait ma mère
Seuil, 2020

Dans les yeux du ciel
Seuil, 2020 ; Points, 2022

Voyage au bout de l'enfance
Seuil, 2022 ; Points, 2023

RÉALISATION : NORD COMPO À VILLENEUVE-D'ASCQ
ACHEVÉ D'IMPRIMER SUR ROTO-PAGE
PAR L'IMPRIMERIE FLOCH À MAYENNE
DÉPÔT LÉGAL : AOÛT 2023. N° 147776 (102563)
IMPRIMÉ EN FRANCE